© 2015   Eckhard Duhme, tredition GmbH
Verlag: tredition GmbH, Hamburg
Umschlaggestaltung: Eckhard Duhme
© Cartoon: Johannes Kretzschmar / http://
                   blog.beetlebum.de/2006/07/19
ISBN: 978-3-7323-1427-0 (Paperback)
                   978-3-7323-1429-4 (e-Book)
Printed in Germany

Eckhard Duhme

Augen zu und durch

Renovierungslektüre

 tredition®

Inhaltsverzeichnis **Seite**

Inhaltsverzeichnis Seite

Vorwort

In den Büchern „*Mir passiert so etwas doch nicht*"
(Bände I – III) habe ich Urlaubserlebnisse in den Jahren
2011 / 2012 / 2013 geschildert. Am Ende von Band III
steht: „…für 2014 nehme ich mir vor, keine Notizen für
eine Urlaubslektüre zu machen …" Daran habe ich mich
dann auch (weitgehend) gehalten, aber ein völlig anderes
Thema hat mir genügend Stoff zum Schreiben gegeben:
„*Renovierungsarbeiten*". Das verstehen Sie, weil Sie
damit selber auch reichlich eigene Erfahrungen gemacht
haben? Nun, im Unterschied zu Ihnen habe ich nun
darüber etwas geschrieben und vielleicht interessiert es
Sie, wie es uns ergangen ist.

1
Vorgeschichte

Meine Frau und ich haben vor etwa zwanzig Jahren ein Haus gekauft und „im leeren Zustand" vor unserem Einzug Teppichböden und Tapeten erneuern lassen. Die Voreigentümerin hat bei den Tapeten ein Faible für „rosa" gehabt; das hat gar nicht unserem Farbgeschmack entsprochen. Die Teppichböden hingegen haben wir eigentlich, aus Kostengründen, noch einige Jahre nutzen wollen. Im Haus ist aber ein „komischer" Duft gewesen, den wir weder durch intensives Lüften noch mit Einsatz von Raumspray haben beseitigen können. Dann hat der Malermeister gefragt: „Ist vorher ein Hund im Haus gewesen?" „Ja!" „Von dem stammt der Duft; den werden sie nur los, wenn sie alle Teppichböden erneuern." Er hat Recht gehabt.

Viele Jahre sind danach keine größeren Renovierungen notwendig gewesen, weil bei uns weder geraucht wird noch kleine Kinder Flecken machen; aber irgendwann ist es wohl doch angebracht, eine neue Grundrenovierung vorzunehmen.

2
Dachisolierung

Allerdings haben wir im Laufe der Jahre einiges am Haus investiert. Dazu gehört zum Beispiel die Isolierung des Dachbodens. Der Voreigentümer hat darauf wohl keinen großen Wert gelegt und nur dünne Styropor-Platten und Pappe eingebaut. Die haben wir im Do-it-yourself-Verfahren entfernt. Die Dämmung des Dachbodens haben wir dann durch eine Fachfirma machen lassen. Das kann ich aufgrund unserer Erfahrung nur empfehlen. Die Dachsparren haben nämlich nicht alle exakt ein und denselben Abstand voneinander, sondern der weicht irgendwo so zwischen 0,5 und 2,5 Zentimeter von Sparre zu Sparre ab. Dementsprechend müssen die Streifen des Isolationsmaterials in unterschiedlichen Breiten, aber jeweils sehr genau zugeschnitten werden. Außerdem ist uns warnend gesagt worden, dass der Transport von Dämmwolle durchs Haus ziemlich staubig sei und sich dabei lösende Fasern gesundheitlich riskant sein können. Die beauftragte Fachfirma hat diese Probleme super gelöst. Sie hat einige Dachziegel entfernt und die zugeschnittenen Rollen per Transportband außerhalb des Hauses zum Dach befördert. Die Maße haben gestimmt, es hat im Haus nicht gestaubt und innerhalb eines einzigen Tages ist das Dach toll isoliert worden. Klar, das hat einiges gekostet, aber die folgende Ersparnis bei den Heizkosten hat die Ausgabe schnell wieder eingespart. Und im Sommer hat sich die Dämmung im Haus auch angenehm spürbar, nämlich Hitze vermeidend bemerkbar gemacht. Als Heimwerker „nach Feierabend und am Wochenende" hätte ich für die Arbeit garantiert viele Stunden aufwenden müssen und sicherlich etliche Male laut geflucht. Durch den Einsatz einer Fachfirma sind somit meine und die Nerven meiner Frau sehr geschont worden.

3
Kelleraußentreppe

Das kann ich so für eine „Kelleraußentreppe", die wir haben bauen lassen, nicht uneingeschränkt schreiben. Immerhin, der mit der Treppe hergestellte „direkte Weg" zwischen Keller und Garten erspart manche Diskussion über verschmutzte Schuhe, die, zum Beispiel nach der Gartenarbeit, eigentlich stets vor der Wohnzimmertür ausgezogen werden sollen. Nun ja, wenn man es zwischendurch aber eilig hat, weil das Telefon klingelt oder man schnell mal aufs Klo muss, dann wird das Schuhausziehen vergessen oder nicht für unbedingt nötig angesehen – platsch, sind Abdrücke auf dem Teppich und Reinigungsaktionen erforderlich. Keller-Außentreppen vermeiden solchen Ärger, sind damit also irgendwie auch „Energie einsparend". Der Bau der Kellertreppe verlief bei uns aber längst nicht so zeit- und problemlos wie das Dachisolieren. Von mehreren Angeboten wollten wir uns verständlicherweise für das günstigste entscheiden. Da es deutlich günstiger als andere war, hatten wir aber einige Zweifel, ob die Entscheidung richtig wäre. Im Gespräch mit dem Anbieter erhielten wir eine plausible Erklärung. Seine Firma hatte wirtschaftliche Schwierigkeiten, war vom 30-Mann- auf einen 5-Mann-Betrieb geschrumpft. Technische Großgeräte, zum Beispiel Bagger, hatte er nicht mehr, sondern mietete sie von Fall zu Fall nach Bedarf. „Bei mir arbeitet der Chef wieder selber", sagte er. Zugleich wies er darauf hin, dass er häufig bei terminlichen Notfällen zum Einsatz käme, deshalb Baustellen wie unsere dann vorübergehend ruhen lassen müsste. Nur unter dieser Voraussetzung könnte er das Angebot abgeben. Nun, er machte beim Gespräch einen sehr ordentlichen Eindruck. Auch die Klarstellung seiner Lage fanden wir in Ordnung. Da wir „kein Zeitproblem" hatten, also eine eventuelle Verzögerung der Bauarbeiten in Kauf nehmen konnten, erteilten wir ihm den Auftrag, zumal der Anbieter bereit war, mit uns einen „Festpreis" zu vereinbaren, unabhängig davon, ob es während der Bauphase „unvorhergesehene Überraschungen" gäbe. Er war offensichtlich auf solch einen Auftrag finanziell angewiesen. Beim Ausschachten des Treppenabgangs wurde dann festgestellt, dass dort ein Regenrohr verlief, das nun anders verlegt werden musste. Dazu wurde es erforderlich, entlang des Rohres einen nicht eingeplanten Graben zu schaffen. Es bewährte sich so zwar, dass wir einen „Festpreis" vereinbart hatten, die Erweiterung bedeutete jedoch, dass mehr Zeit benötigt wurde. Das hatte wiederum zur Folge, dass zwischenzeitlich einige der angesprochenen „Notfalleinsätze" kamen, die zu weiteren Zeitverzögerungen führten, wir statt einiger Tage mehrere Wochen eine Baustelle hatten. Es dauerte schließlich sogar so lange, dass sie nicht mal rechtzeitig vor unserer geplanten Urlaubsreise fertig wurde. „Hätten wir doch einen anderen Anbieter genommen! Dann wäre es zwar teurer geworden, aber die Sache wäre längst erledigt", zweifelten wir an unserer „Billiglösung". „Machen Sie sich keine Sorgen und fahren ruhig in

Urlaub, ich kann ja aufs Grundstück, ohne durchs Haus zu müssen. Wenn Sie zurückkommen, ist alles in Ordnung", bekamen wir zu hören. Was blieb uns auch anderes übrig? Nun, der inzwischen bestehende Kontakt hatte durchaus eine Vertrauensbasis geschaffen, aber ganz wohl fühlten wir uns bei der Absprache nicht. Andererseits war es ja durchaus irgendwie auch reizvoll, nicht mehr täglich die Baustelle vor Augen zu haben. Immerhin gelang es noch vor unserem Urlaub, den für die neue Kellertür erforderlichen Mauerdurchbruch zu schaffen. Ich hatte dabei den großen Vorteil, im Büro zu sein. Meine Frau und die Nachbarn mussten einen Tag lang das Getöse des Presslufthammers ertragen. Beim Ausstemmen der Wand hielt sich der Meister exakt an die von mir vorgegebenen Maße. Die Handwerker, die dann die einbruchsichere neue Kellertür einbauten, lobten die Passgenauigkeit. „Hat unser Chef das ausgemessen?" wurde meine Frau gefragt. „Nein, das hat mein Mann gemacht." „Toll, sehr gut gemessen!" Wir waren erleichtert, dass die Tür noch vor unserem Urlaub angebracht worden war. Und als wir, richtig gut erholt, zurückkamen, waren tatsächlich die Kellertreppe fertig und alle Baugruben beseitigt. Bei der „Bauabnahme" hieß es: „Ich habe die Treppe noch stabiler als ursprünglich geplant gebaut. Da könnte jetzt sogar ein Panzer hoch- und runterfahren." Das ist natürlich übertrieben gewesen, denn die Stufen sind ja nur 1,10 Meter breit. Die 20 cm breite Betonwand daneben macht aber wirklich einen sehr soliden Eindruck. Allerdings wurden wir belehrt, dass wegen der Höhe unbedingt noch ein Geländer angebracht werden müsste, um der sonst bestehenden Absturzgefahr entgegenzuwirken. Das leuchtete uns ein, aber die Kosten dafür hatten wir bei der Kalkulation der Baumaßnahme nicht eingeplant. Das kennt man ja, es wird immer irgendwie teurer als geplant. Wir ließen uns dementsprechend dann auch noch davon überzeugen, dass zum schönen Aluminiumgeländer ein optisch passender Handlauf an der Treppe sinnvoll wäre. Nun denn, als alles fertig war, stellten wir fest: „Ende gut, alles gut!"

Beides, Dachisolierung und Außenkellertreppe, haben sich inzwischen bestens bewährt. Die Zweifel an der Vergabe des Treppenbaus an den günstigsten Anbieter wegen der zu erduldenden „Dauerbaustelle" sind längst vergessen. Und nochmal: aufgrund unserer Erfahrung mit dem reibungslosen Ablauf der Dachisolierung kann ich empfehlen, dabei auf das Do-it-yourself-Verfahren zu verzichten.

4
Planung der Renovierung im OG

Ach, ich will hier ja nicht von Investitionen sondern von Renovierungsarbeiten berichten. Nun, ich habe bereits erwähnt, dass sie etliche Jahre überhaupt nicht nötig gewesen sind. Wenn es dann irgendwann aber doch so weit ist, stellt sich die Frage, ob klotzen besser als kleckern ist, also ob man alles auf einmal machen oder Schritt für Schritt eines nach dem anderen abarbeiten soll. Und: Was macht man selber, was lässt man machen? Nun, ich bin dafür bekannt, dass ich „Kompromisse" bevorzuge. Dementsprechend haben meine Frau und ich uns auf Folgendes geeinigt: Erst wird das OG, zwei Jahre später das EG renoviert, das Jahr dazwischen dient der schöpferischen Pause. Tapezieren machen wir selber, Teppich bzw. Fliesen lassen wir verlegen.

Im OG befinden sich vier Zimmer: Schlaf-, Ankleide-, Gäste- und Badezimmer. Ankleide- und Gästezimmer sind früher Kinderzimmer gewesen, aber die Söhne kommen inzwischen nur noch gelegentlich als „Gäste" auf Kurzbesuche. Die Nutzung eines Raumes als Ankleidezimmer hat den großen Vorteil, dass der Transport „Sommer-/Wintersachen" vom OG zum alten Kleiderschrank im Keller und von dort zurück nach oben entfällt; das ist im fortgeschrittenen Alter recht praktisch. Unsere Renovierungsüberlegungen sind dann noch vom Schornsteinfeger gefördert worden: „In absehbarer Zeit benötigen Sie einen neuen Brenner, um die geänderten gesetzlichen Abgaswerte einhalten zu können." Daraus kann man folgern, dass wir eine Gasheizung haben. Unser Voreigentümer des Hauses ist beim Bauen „seiner Zeit voraus" gewesen und hat den Brenner 1990 auf dem Dachboden installieren lassen. Das ist zu der Zeit noch recht unüblich gewesen. Es hat den Vorteil, dass im Keller oder sonst wo kein Platz für die Heizungsanlage verloren geht; außerdem wird nur ein kurzes Stück Schornstein vom Dachboden nach außen benötigt. Das hat allerdings den Nachteil, dass man keinen Kamin legen lassen kann oder dafür ein langes Außenrohr benötigt. Da wir im Erdgeschoss aber Fußbodenheizung haben, können wir gut auf einen Kamin verzichten. Das knisternde Feuer darin ist zwar recht anheimelnd; ein paar aufgestellte und angezündete Kerzen schaffen im Wohnzimmer jedoch auch Kuschelatmosphäre.

Bei der Zeitplanung für die Renovierungsarbeiten haben wir natürlich unsere Urlaubspläne und „Tennisspielerei" einerseits, die Auftragslage der Handwerker andererseits berücksichtigt. Wir haben „den Baustellendreck" und die Heizungserneuerung weder in der (Vor-) Weihnachtszeit noch im Winter gewollt. So hat sich das Frühjahr als Idealzeit ergeben. Das wiederum hat vorausgesetzt, dass spätestens im Herbst mit der Planung hat begonnen werden müssen. Es ist ratsam, wenn man so etwas vor sich hat, frühzeitig mit den Überlegungen zu beginnen! Man benötigt wesentlich mehr Zeit für die Vorbereitung als für die Ausführung. Kaufmännisch sinnvoll haben wir für die verschiedenen Gewerke mehrere Angebote eingeholt und dabei gestaunt, wie unterschiedlich hoch sie gewesen sind. „Vergleichen lohnt sich!" Uns haben allerdings nicht nur die Preise interessiert, sondern genauso wichtig ist uns der „Ruf" der Anbieter gewesen. Da ist es vorteilhaft, wenn man Mitglied in einem Verein ist und verschiedene Leute fragen kann: „Habt Ihr schon mal von der Firma bei Euch was machen lassen?" Ganz wichtig ist auch, sich nicht nur in den Geschäften beraten zu lassen, sondern Details „vor Ort", im Haus, in der Wohnung zu besprechen. Bei uns ist zum Beispiel wegen der Lage der Heizungsanlage „auf dem Boden" die Breite der Dachbodentreppe (Ausziehleiter) für die Maße des Brenners und Wassertanks ausschlaggebend gewesen; das hat der Installateur sehen und ausmessen müssen. Wir selber haben uns mehrmals gewundert, wie unterschiedlich Teppichfarben im Geschäft und im Zimmer wirken. Es ist gut gewesen, dass wir etliche Muster probeweise mit nach Hause genommen haben. Es kommt außerdem noch hinzu, dass solche Muster von den begutachtenden Eheleuten unterschiedlich bewertet werden. Es dauert also, bis man „die gemeinsam richtige Wahl" getroffen hat. Das ist uns bei den Teppichen noch in einem vertretbaren Zeitrahmen gelungen, aber für die Neugestaltung des Badezimmers haben wir ein paar Monate „Vorlaufzeit" benötigt. Bei den Fliesen ist es wie bei den Teppichen: im Geschäft wirken sie ganz anders als im eigenen Badezimmer. Es kommt hinzu, dass die

Boden- und Wandfliesen aufeinander abgestimmt sein sollen; mal gefallen die Boden-, mal die Wandfliesen, oft jedoch nicht beides zusammen. Und haben Sie schon einmal mit dem Ehepartner gemeinsam Waschbecken, WC und Dusche ausgesucht? Das Thema birgt ähnliche Risiken wie Mixed spielen beim Tennis – es gelingt nur, wenn man den / die Partner /in mitspielen lässt. Wir haben zwar den Ausnahmevorteil, fast immer harmonisch Mixed zu spielen, aber bei der Gestaltung des Badezimmers haben wir uns längere Zeit nicht einigen können.

5

Azul Imperial fürs Badezimmer

Schließlich hat „der Zufall" die Lösung gebracht. Wir sind zu einem Baumarkt gefahren, um uns Teppichböden anzusehen. Als ich auf einem Parkplatz vor dem Geschäft anhalte, ruft meine Frau: „Das ist es!" Im Schaufenster vor uns ist eine große Duschkabine mit einem bläulich schimmernden Naturstein ausgestellt. In der Art haben wir es zuvor noch nie gesehen. „Ja, sieht interessant, aber auch recht teuer aus", stelle ich fest. Schnell findet sich ein Verkäufer: „Ja, das ist etwas ganz Besonderes. Wir haben es gerade erst seit zwei Tagen aufgebaut. Das bieten wir in Zusammenarbeit mit einem Steinmetz an. Es handelt sich um *Azul Imperial*, ein Quarzit, Naturstein aus Brasilien, besonders schön, wie hier, mit der Schmetterlingsoptik." Angelikas Augen strahlen: „So möchte ich es in unserem Badezimmer haben!" „Was kostet so etwas denn?" frage ich den Verkäufer. „Na ja, das ist schon einiges teurer als eine normale Duschecke. Es kommt darauf an, wie groß solch eine Wand sein soll und ob Sie eine, zwei oder drei Wände wünschen." „Genau so, wie es hier bei Ihnen steht, zwei Wände mit Schmetterlingsoptik", sagt Angelika. „Gnädige Frau, dies hier ist ein gerade errichtetes Muster, das kann ich Ihnen nicht oder frühestens in etwa einem Jahr anbieten. Der Steinmetz bezieht die Platten bei einer Firma in Holzwickede, Firma *Rossittis*. Der Steinmetz fährt mit Ihnen dorthin, so dass Sie Ihre Platte da selber aussuchen können." „Bevor wir das machen, müssen wir aber doch so in etwa wissen, was das kostet", wende ich nochmal ein. „Wie gesagt, das ist von der Größe, außerdem auch vom Reinheitsgrad solch einer Platte abhängig. Es kommen dann noch Bearbeitungs- und Aufbaukosten hinzu." Schließlich nennt er uns „ganz grob" einen Preis für einen *Azul Imperial* - Quadratmeter. „Danke, so kann ich jetzt doch zu Hause mal kalkulieren, welche Größenordnung sich dabei ergibt. Sind Sie dann der Vertragspartner oder der Steinmetz?" „Sie würden alle Details mit dem Steinmetz besprechen, jedoch uns beauftragen und mit uns abrechnen." „Und wie heißt der Steinmetz?" „Moment, ich gebe Ihnen eine Visitenkarte von ihm mit." Auf der Fahrt nach Hause versuche ich die Euphorie meiner Frau zu bremsen: „Das wird viel zu teuer. Überleg doch mal, wir benötigen zwei Wände. Jetzt geh mal von jeweils einem Meter Breite und zwei Metern Höhe, also von zweimal zwei Quadratmetern aus. Was vier Quadratmeter Duschwände dann kosten, kannst Du Dir ja selber ausrechnen." „Dafür sieht es aber super aus und erspart mir ganz viel Arbeit. Bei den zwei durchgehenden Platten setzen sich weder Staub noch Kalk noch Schimmel in Fliesenfugen. Die Platten können zum Trocknen mit einem Wischer abgezogen werden. Die Arbeitserleichterung ist mir das Geld wert! Und dass es toll aussieht, wirst Du ja nicht bestreiten." „Na, erst messen wir jetzt mal, wie groß die Platten sein müssen. Dann machen wir uns im Internet über die Firma *Rossittis* und über *Azul Imperial* schlau. Wenn wir weiter interessiert sind, setzen wir uns mit dem Steinmetz in Verbindung und suchen mindestens noch einen anderen Anbieter, um ein Vergleichsangebot zu bekommen." Mit diesem Stufenplan ist Angelika einverstanden.

Wir haben in unserem Badezimmer keine Badewanne, möchten es aber beim täglichen Duschen „bequem und altersgemäß" haben. Die neue Dusche soll deshalb mindestens 1,00 x 1,00 Meter groß und ebenerdig sein, so dass man später notfalls auch mit einem Rollstuhl hineinfahren kann. Die räumlichen Gegebenheiten ergeben beim Messen, dass die beiden Steinplatten dann sinnvollerweise 1,10 x 2,20 Meter groß sein müssen, sich also noch mehr als vier Quadratmeter ergeben. Angelika hat sofort ein Argument parat: „Vielleicht wird der Quadratmeterpreis ja günstiger, wenn man große Platten bestellt." Das Recherchieren im Internet über *Rossittis* und *Azul Imperial* fördert ihre Begeisterung: „Wir sollten da auf jeden Fall mal hinfahren, allein ein Rundgang bei der Firma in Holzwickede ist bestimmt sehr interessant. Die haben ein riesiges Lager mit Natursteinplatten." Also setzen wir uns telefonisch mit dem empfohlenen Steinmetz in Verbindung. Der ist einerseits überrascht und erfreut, dass sein Ausstellungsstück schon Interesse gefunden hat, ist andererseits aber nicht in der Lage, sofort einen Termin für Holzwickede zu vereinbaren. „Ach, das ist schade, ich bin gerade vorgestern dort gewesen und fahre frühestens in einem Monat wieder hin." Das passt nicht zu unserem eigenen Zeitplan. Ich rufe mehrere Fliesenleger an und frage, ob sie Kontakt zur Firma *Rossittis* haben. Und tatsächlich wird der von einem Fliesenleger im Westerwald bestätigt. Er ist auch bereit, sich zwei Tage später mit uns bei Firma *Rossittis* in Holzwickede zu treffen, da er sowieso einen Termin im Ruhrgebiet hat, den er gut mit unserem Termin kombinieren kann. Na, dann machen wir das doch so.

Der Rundgang bei Firma *Rossittis* ist so beeindruckend, wie es aufgrund ihrer Internetseiten zu erwarten gewesen ist. Das hat allerdings auch einen Nachteil. Nach etwa einer Stunde hat man so viele schöne Natursteine gesehen, dass man nicht weiß, für welchen man sich denn entscheiden soll. Es kommt bei uns hinzu, dass der begleitende Fliesenleger zwar „Kontakt" zu der Firma hat, aber selber schon ein paar Jahre nicht mehr dort gewesen ist. Er ist uns keine rechte Hilfe und hat auch keinen persönlichen Ansprechpartner, der uns beraten kann. Schließlich sagt Angelika: „Wir sind doch hierhin gefahren, um *Azul Imperial* Platten auszusuchen, also lass uns darauf konzentrieren und uns die nochmal genau zeigen." Weder unser „Fachbegleiter" noch wir erinnern uns, in welcher Halle und wo *Azul Imperial* Platten stehen. Es dauert einige Zeit, bis der Fliesenleger eine zuständige Ansprechperson findet. Die ist an dem Tag jedoch leider nicht besonders kundenfreundlich gelaunt. Als wir nach fünf gezeigten Platten gerne noch weitere als Alternative sehen möchten, lehnt er das ab: „Die sehen alle so oder so ähnlich aus. Ich empfehle Ihnen die

Platten drei und vier; die passen als Paar zusammen. Damit bekommen Sie auch die von Ihnen gewünschte Schmetterlingsoptik." Zum Verständnis für ihn muss erwähnt werden, dass die Platten sehr schwer sind; sie müssen zum genauen Betrachten jeweils mit einem Spezialkran aus dem Depot hervorgeholt und nachher zurückbugsiert werden. Das nimmt natürlich einige Zeit in Anspruch. Auch einen Preis für solch eine Platte kann oder will er uns nicht nennen. „Den müssen Sie mit Ihrem Anbieter besprechen." Der Fliesenleger sagt kein Wort; vermutlich hat er sich den Termin mit uns kürzer vorgestellt. Ich sage zu dem Verkäufer: „Wir möchten unsere Eindrucke gerne verarbeiten und mindestens eine Nacht darüber schlafen. Können Sie uns die beiden Platten denn reservieren?" „Ja, selbstverständlich, das ist möglich, jedoch maximal für zwei Wochen." Mit der Lösung sind wir einverstanden. Der Fliesenleger verspricht, uns kurzfristig ein Angebot zukommen zu lassen.

Am Nachmittag des nächsten Tages klingelt bei uns das Telefon – der Steinmetz ruft an: „Sie sind gestern bei Firma *Rossittis* in Holzwickede gewesen und haben zwei Platten reservieren lassen?" „Woher wissen Sie das denn?" „Nun, ich bin für *Rossittis* hier in der Region der erste Ansprechpartner, bin für die ein Großkunde. Als solcher bekomme ich Informationen, wenn in der Region ein Auftrag möglich ist. Sie sind selbstverständlich völlig frei in Ihrer Entscheidung, wen Sie beauftragen, aber ich möchte die Chance bekommen, Ihnen ein Angebot zu machen. Die Wahrscheinlichkeit, dass ich günstiger als andere Anbieter bin, ist recht groß." Ich möchte gerne Alternativangebote haben. „Ja, machen Sie mir ein Angebot." Meine Frau und ich sind reichlich erstaunt, dass der Steinmetz über den Besuch informiert worden ist. Das ist ja wohl ein gut funktionierendes System. Ob das so wohl mit dem Wettbewerbsrecht in Einklang steht? Na, das kann uns letztlich ja völlig egal sein, wenn wir so ein gutes Angebot erhalten. Und tatsächlich ist dann das Angebot des Steinmetzes deutlich günstiger als das des Fliesenlegers. Als wir dem absagen, halten wir es für fair, ihm mitzuteilen, wie die Sache gelaufen ist. Zu unserer Überraschung ist er darüber nicht verärgert, sondern sagt: „Ja, ja, es ist bekannt, dass der hier insofern den Markt beherrscht. Er ist mit seinem Maschinenpark auch besser für die Bearbeitung solcher Steinplatten ausgerüstet. Wir sind im Fliesengeschäft besser als er." „Wir könnten uns also wegen der Badezimmerfliesen an Sie wenden?" „Ja, selbstverständlich, kommen Sie in unsere Ausstellung." Das machen wir dann zwar, haben aber dabei das Gefühl, dass seine Frau, die uns bedient, mit unserer Entscheidung für den Steinmetz nicht so locker umgeht wie ihr Mann. Es ist doch wohl besser, die Konkurrenten nicht parallel zu beauftragen. Wir danken für die Bemühungen und verabschieden uns. Im Auto stellen wir fest: „Der ist uns bei *Rossittis* wirklich keine Hilfe gewesen. Wenn seine Frau das wüsste, wäre sie vermutlich nicht so muksch gewesen."

6
Glaswände für die Dusche

Die Entscheidung für die „Zwei-Platten-Lösung" hat noch zur Folge, dass dazu passende Glaswände gefunden werden müssen. „Zu solchen Steinplatten passen keine 08/15-Glaswände, die müssen nun irgendwie auch noch etwas edler ausfallen", stellt Angelika fest. Und wieder kommt uns ein Zufall zur Hilfe. In einem Zeitungsbericht steht, dass sich in der Stadt eine Firma niedergelassen hat, die „Spezialgläser", u.a. auch für Duschkabinen herstellt. Als wir einen Tag nach dem Zeitungsbericht bei der Firma „auf der Matte stehen", ist man dort verwundert – der Verkauf ist noch gar nicht vorgesehen, weil man noch voll mit Einrichtungsarbeiten beschäftigt ist. „Da Sie nun schon mal hier sind, schauen wir doch, ob wir Ihnen helfen können", ist der „Abteilungsleiter Duschkabinen" erfreulicherweise aber gesprächsbereit. Er zeigt uns die neusten Produkte, die demnächst auf den Markt kommen. Ein Modell gefällt uns. „Das mit Ihnen ist für uns jetzt ja ein erster Test, ob unsere Ware beim Verbraucher ankommt", bewertet der Gesprächspartner unseren Überraschungsbesuch positiv. Wir weisen ihn noch auf die Besonderheit der zwei Natursteinplatten hin. Er sagt: „Wir haben zwar verschiedene Standardmaße, können Ihnen jedoch auch jedes individuell gewünschte Maß liefern. Am besten ist, wenn von uns jemand nach Einbau der Steinplatten zu Ihnen kommt, sich das vor Ort ansieht und genau Maß nimmt, dann sind Sie und wir auf der sicheren Seite. Da Sie hier in der Nähe wohnen, ist das für uns problemlos machbar." Das Angebot nehmen wir natürlich gerne an. Da uns noch kein Preis für die Glaswände genannt werden kann, weil der zum einen von den Maßen, zum anderen als Sonderfall von einer Abstimmung mit dem Chef abhängig ist, wird der Termin für das Ausmessen als „unverbindlich" vereinbart. „Wie schnell können Sie gegebenenfalls liefern?" „Innerhalb von zwei Wochen nach Auftragserteilung." Na, das ist ein „gutes Gespräch" für uns gewesen. Meine Frau äußert auf der Fahrt nach Hause: „Hast Du die tolle Glas-Spritzwand in der ausgestellten Küche gesehen? Das wäre auch noch eine Traumlösung für mich." „Eine Küchenrenovierung ist derzeit gar nicht vorgesehen." „Klar, aber davon träumen darf ich doch!"

7

Achtung: Glasfasertapete

Abgesehen von den Glaswänden für die Dusche haben
wir es im Dezember geschafft, alle Aufträge zu erteilen.
Mitte, spätestens bis Ende Februar sollen die Bad- und
Heizungsanlagensanierung erfolgen, danach der neue
Teppichboden verlegt werden. Anfang Februar ergibt
sich für uns ein nicht einkalkuliertes Problem. Die
Badezimmerwände sind bis zur Hälfte gefliest, darüber
mit einer Glasfasertapete ausgestattet. Als Angelika und
die Tapete abzulösen wollen, schaffen wir das nicht oder
nur zentimeterweise. Meine Fachfrau sagt: „Ich habe
irgendwo noch ein Mittel, das man zum Tapetenablösen
verwenden kann." Sie findet es, aber dessen Einsatz
bleibt wirkungslos. Internetrecherchen verlaufen auch
negativ. So allmählich „läuft uns die Zeit davon"; wir
müssen ja fertig sein, bevor die Handwerker kommen. Da
hat Angelika eine neue Idee: „Im Tennisclub gibt es doch
eine Frau, deren Mann Malermeister ist; den fragen wir
jetzt." Er kommt und belehrt uns: „Ja, Glasfasertapeten
bekommt man schwer runter, aber es geht. Sie benötigen
ein Spezialgerät zum Aufrauen, dann müssen Sie die
Tapete feucht machen, anschließend mit einem Föhn
anwärmen, danach abkratzen." Wir fragen ihn, ob er uns
von seinen Mitarbeitern jemanden zur Verfügung stellen
kann. „Ach, das schaffen Sie schon selber. Es ist eine
reine Fleißarbeit, die zeit- und bei mir kostenintensiv ist.
Ich bringe Ihnen das Spezialgerät zum Aufrauen." Das

sieht aus wie ein kleiner „Morgenstern", Waffe im Mittelalter, hat einen Holzgriff und auf dem runden Kopf sind unzählige spitze Nägel angebracht. Damit werden rollend Löcher in die Tapete geritzt. Löcher ritzen, anfeuchten, föhnen, das ist, wie es der Malermeister angekündigt hat, zeitaufwendig, aber tatsächlich auch wirksam; Stück für Stück lässt sich die Glasfasertapete lösen. Die zuvor vertane Zeit holen wir mit intensivem Wochenendeinsatz ein und schaffen das Tapetenablösen „just in time" vor dem Handwerkereinsatz.

8

Renovierung des Badezimmers Teil 1

Bei der Badsanierung haben wir uns für eine Firma entschieden, die damit wirbt, die Arbeiten „fast staubfrei" auszuführen. Zu unserer großen Freude gelingt das tatsächlich auch dank eines „Luftreinigungsgebläses". Dessen Einsatz bei den Stemmarbeiten kostet zwar hundert Euro, aber das ist die Staubersparnis allemal wert. Klar, das Getöse des Presslufthammers beim Entfernen der Fliesen ist unangenehm, vermutlich auch für die Nachbarn, aber das lässt sich ja nun mal nicht ändern. Es dauert, inklusive der Bodenfliesen, zwei Tage. Die abgeschlagenen Fliesen werden dabei über eine Rutsche vom Badezimmerfenster aus direkt in einen Container entsorgt, der im Garten aufgestellt worden ist – eine gute Lösung. Allerdings bringen die Stemmarbeiten doch noch eine Überraschung. Es wird festgestellt, dass in dem Bereich, in dem die neue Duschecke eingebaut werden soll, eine Leitung der Fußbodenheizung verläuft. Der Plan, eine bodengleiche Dusche zu installieren, lässt sich somit nicht realisieren. Wir müssen sehr kurzfristig umdisponieren und eine flache Duschtasse aussuchen. „Die ist dann immer noch altersgerecht und im Notfall auch geeignet für einen Rollstuhl", berät und beruhigt uns der Installateur. Erfreulicherweise ist am nächsten Tag eine farblich (alpinweiss) und größenmäßig (100 x 100 x 6,5) passende Duschtasse im Großhandel auf Lager, so dass wir zwar Hektik, aber keinen Zeitverlust erleiden. Und wir haben Glück mit dem Wetter; weder Regen noch Schnee verursachen nasse Schuhsohlen bei den Handwerkern, die fleißig treppauf, treppab durchs Haus marschieren.

Das gilt insbesondere auch für den Tag, an dem der Steinmetz mit seinen Leuten kommt und die Steinplatten bringt. Das Schwierigste dabei ist deren Transport durch das Treppenhaus. Bei *Rossittis* sind die Platten ja mit einem Spezialkran bewegt worden. Jetzt, auf 1,10 x 2,20 Meter bearbeitet, sind sie zwar etwas kleiner als im Rohzustand, aber offensichtlich immer noch immens schwer. Nachdem die vier Männer eine Platte nach oben geschafft haben, benötigen sie, sichtbar erschöpft, mal erst eine Pause und viel Sprudelwasser. Das wiederholt sich nach dem Transport der zweiten Platte. Das Anbringen, mit einem Spezialkleber, bereitet danach keine Schwierigkeit. „Gut gemessen, es passt alles sehr genau!" ist der Steinmetzt nachher zufrieden. Er hat in seiner Werkstatt in eine Platte schon Löcher für die von uns ausgesuchte Duschgarnitur gebohrt. „Der Stein ist so hart, dafür wird ein Spezialbohrer benötigt", hat er uns rechtzeitig veranlasst, ihn über die Maße für die Bohrlöcher zu informieren. Als wir den Einbau der zwei *Azul Imperial* - Platten dann begutachten, ist Angelika begeistert: „Sieht das toll aus!" Ich finde das ja auch, denke dabei aber ein wenig einschränkend an die damit verbundene Kostenerhöhung. Der Steinmetz ist ebenfalls sehr zufrieden: „Die Schmetterlingsoptik macht das

Ganze noch wirksamer – Glückwunsch, daran werden Sie sich nun bald jeden Morgen erfreuen!" Er bekommt noch die Zusage, werbewirksame Fotos machen zu dürfen, wenn das Badezimmer fertig ist.

Die Firma, die die „staubfreie" Badezimmerrenovierung ausführt, hat auch die Terminabstimmung mit einem Fliesenleger und einem Silikonverfuger übernommen. Als der Fliesenleger die *Azul Imperial* – Platten sieht, ist er davon ähnlich begeistert wie Angelika. Er empfiehlt uns, den Eindruck im Badezimmer noch zu verstärken, indem dort auch an anderen Stellen entsprechende „Farbtupfer" eingebaut werden. Gemeinsam setzen wir uns mit dem Steinmetz in Verbindung. Er hat von unseren Platten nutzbare „Reststücke" übrig und außerdem einige passende Fliesen vorrätig. Angelika ist sofort von der Idee angetan; ich frage vorsichtshalber nach den entstehenden Zusatzkosten. Im Vergleich zu Angelikas Vorfreude sind die jedoch relativ gering. Es wird vereinbart, eine Ablage und die Fensterbank aus den „Reststücken" herzustellen sowie im Bereich von WC und Waschbecken *Azul Imperial* – Fliesen verlegen zu lassen. Tja, so ergeben sich während einer Bauphase immer noch neue Ideen und Kosten. Als der Fliesenleger dann mit seiner Arbeit fertig ist, stellen wir fest: „Toll, alles richtig gemacht mit den farblichen Ergänzungen!"

Am nächsten Tag werden WC, Waschbecken, Dusche, Handtuchhalter, ein Wand-Spiegelschrank und ein

Heizkörper installiert. Das WC wird etwas höher als das vorherige angebracht, Vorsorge auf „Altersprobleme beim Sitzen". Die Sitzprobe ergibt: „Ja, bequem!" Als wir uns abends alles in Ruhe prüfend ansehen, gibt es Aufregung. Angelika und ich sind davon überzeugt, dass das Waschbecken farblich nicht unserer Bestellung entspricht. Die Installateure wollen am nächsten Tag mit den Heizungsarbeiten beginnen, bekommen stattdessen nach der Begrüßung zu hören: „Schauen Sie, WC und Waschbecken gehören zum selben Programm. Das Waschbecken hat aber eine völlig andere Farbe als das WC!" Der zuständige Installateur ist verunsichert. Er prüft die Lieferdaten: „Das Becken entspricht der Bestellung." „Das kann nicht sein, da ist was verwechselt worden." „Nein, das ist alles so in Ordnung." „Das akzeptieren wir so nicht!" „Dann müssen Sie das mit meinem Chef klären." Mit ihm wird telefonisch vereinbart, dass ein „Farbspezialist mit Farbkarten" kommt. Uns wird aber schon gesagt: „Bedenken Sie bitte den unterschiedlichen Lichteinfall in Ihrem Raum. Das WC ist in der Nähe des Fensters, bekommt direkt Tageslicht. Das Waschbecken wird von der Leuchtröhre des Spiegelschrankes angestrahlt. Da kann es durchaus zu dem Eindruck von Farbabweichungen kommen. Licht von Lampen beeinflusst die Farbwirkung." Das sagt uns am nächsten Tag der „Farbspezialist" auch noch einmal und versucht, uns an Hand der Farbkarten von der korrekten Lieferung zu überzeugen. Wir sind jedoch weiterhin uneinsichtig und von unserer Ansicht der

Fehllieferung überzeugt, zumal der Installateur selber inzwischen Zweifel wegen der Farbabweichungen hat. Verständlicherweise widerspricht er dann jedoch dem Farbspezialisten nicht. Plötzlich hat er eine Idee: „Ich baue das Waschbecken ab und wir halten es am Fenster direkt neben das WC." Gesagt – getan: Beide haben die gleiche Farbe! Wir sind perplex und können uns nur noch für die gestiftete Unruhe vielmals entschuldigen. „Ach, das kennen wir, es kommt öfter vor, dass Lichteffekte für Irritationen sorgen. Es ist doch gut, wenn das sofort besprochen und geklärt wird", zeigen die Betroffenen Verständnis für unseren Baustellenstress.

Fuß- und Fliesenkanten, Duschtasse, Waschbecken und WC werden von einem Spezialisten mit Silikon verfugt. Das macht, muss man wissen, nicht der Fliesenleger.

9
Neue Heizungsanlage

Als der 300-l-Kessel für das Heißwasser durchs Haus und über die schmale Ausziehleiter auf den Dachboden geschleppt wird, schwitzen die Installateure ähnlich wie das Steinmetzteam beim Transport der Steinplatten. Selbstverständlich werden auch die Installateure von uns ständig mit Sprudelwasser versorgt. Unter dem Kessel wird ein Wasserauffangbecken angebracht, „für den Notfall". Vom Becken aus führt eine Leitung zu einem Wasserrohr, das in der Hauswand verlegt ist. So sollen wir vor einem Wasserschaden geschützt sein, falls der Kessel mal ausläuft. „Das passiert eigentlich nie, aber diese Vorsorge ist trotzdem sinnvoll, für Sie zumindest gut zu wissen und beruhigend", wird uns erläutert. Wir sind jedoch nicht beruhigt, sondern verunsichert, weil uns die Schieflage des Beckens und der Verlauf der Leitung irgendwie „komisch" vorkommen. Aufgrund unseres blamablen Erlebnisses mit der Farbdiskussion beim Waschbecken trauen wir uns jedoch nicht sofort, unsere Bedenken kund zu tun. Nach „1 Nacht darüber schlafen" sind wir uns aber doch einig, die „Schieflage" des Beckens anzusprechen. Das fällt uns dann noch leichter, als am nächsten Tag ein anderer Installateur der Firma zu uns kommt. Als wir ihn auf das „schiefe" Becken hinweisen, sagte er spontan: „Was hat denn der Kollege da gemacht!?" Er bestätigt uns, dass „da was nicht in Ordnung ist" und verständigt seinen Chef. Der kommt zur Begutachtung und legt fest, wie der Fehler behoben werden soll. Auf seine Entschuldigung bei uns erwidere ich: „Wir haben beim Waschbecken Unrecht gehabt, jetzt steht es 1:1."

10
Renovierung des Badezimmers Teil 2

Während die Handwerker noch weiter mit der neuen Heizungsanlage auf dem Dachboden beschäftigt sind, beginnen Angelika und ich im Badezimmer mit dem Tapezieren. Wir haben die Wandfliesen nur „in halber Höhe" anbringen lassen, weil uns raumhohes Fliesen nicht gefällt. Trotz der leidvollen Erfahrung mit dem Entfernen der Glasfasertapete haben wir uns entschieden, erneut eine anzubringen. Sie ist „langlebig", kann bei Bedarf mehrmals überstrichen werden und gilt als „feuchtigkeitsunempfindlich". Diese für ein Badezimmer sinnvollen Eigenschaften hat uns der Malermeister, der uns beim Entfernen der Tapete beraten und unterstützt hat, empfohlen. Beim Tapezieren sind Angelika und ich ein „eingespieltes Team"; ich schneide zu und kleistere, sie klebt exakt an. Das funktioniert auch im Badezimmer wieder gut. Das anschließende Streichen der Tapete ist für uns dann kein besonderer Aufwand mehr.

Nun fehlen nur noch die zwei Glaswände für die Dusche. Wie mit der Glasfirma abgesprochen, sind die Maße dafür genommen worden, nachdem die Steinplatten angebracht worden sind. Bei dem Angebot, das uns dann erstellt worden ist, hat man vermutlich berücksichtigt, dass wir ein „Erstkunde" sind. Jedenfalls ist es so akzeptabel, dass wir der Firma den Auftrag erteilt haben. Es erweist sich als gut, dass wir einen „Festpreis" vereinbart haben; denn das Anbringen nimmt mehr Zeit als angenommen in Anspruch. Das liegt an der Härte des Quarzits. Für den Einbau der Dusche hat der Steinmetz ja die benötigten Löcher in seiner Werkstatt gebohrt; jetzt zeigt sich, wie sinnvoll das gewesen ist. Die Handwerker der Glasfirma kommen mit ihren Bohrmaschinen nicht durch den Stein. Der zur Beratung herbeigerufene Chef staunt und besorgt zwei Diamantbohrer. Damit funktioniert das Bohren besser, aber es müssen nochmals zwei Diamantbohrer gebracht werden, um letztlich erfolgreich zu sein. „Da haben wir bei Ihnen für die Zukunft noch was gelernt", stellt der Chef erleichtert fest, als es doch noch funktioniert hat.

11
Es geht weiter im OG

Die Hälfte unserer Aktion „Renovierung Obergeschoss" ist damit geschafft! Das neue Badezimmer sieht toll aus, die neue Heizungsanlage funktioniert - hoffentlich geht es so gut weiter: Schlaf-, Ankleide- und Gästezimmer sollen neu tapeziert werden und neuen Teppichboden erhalten. Das bedeutet, dass die Zimmer ausgeräumt werden müssen. Ich habe einen Stufenplan erarbeitet: Die Schlafzimmersachen kommen ins Gästezimmer. Wenn das Schlafzimmer fertig ist, werden die Möbel des Gästezimmers ins Ankleidezimmer gebracht. Ist das Gästezimmer renoviert, wird das Ankleidezimmer neu gestaltet. Entsprechend wird mit dem Teppichverleger ein Zeitplan vereinbart. Der wird von ihm dann auch exakt eingehalten, aber es gibt doch noch ein neues Problem. Beim Ausräumen des Schlafzimmers will ich das Bett (1,60 x 2,00) hochkant alleine ins andere Zimmer schieben – da macht es laut „knack". Eine Strebe ist gebrochen. Okay, das Bettgestell ist 32 Jahre alt, aber ein neues ist von uns im Rahmen der Renovierungen nicht vorgesehen gewesen. „Och, neuer Teppich, neue Tapete, da macht sich ein neues Bett doch auch ganz gut", beurteilt Angelika das Malheur positiv. Also machen wir uns auf die Suche. Dabei sind wir uns schnell einig: „Bei der Dusche und dem WC haben wir vorsorglich an mögliche Beschwerden im Alter gedacht, das macht beim Bettenkauf auch Sinn." Die Liegefläche soll deshalb höher als bisher sein. Beim Probeliegen stellen wir den angenehmen Unterschied bereits fest. Problem bei der Suche ist aber nicht die „Höhenlage", sondern der gewünschte beige Farbton; er soll zu den Türen des vorhandenen Einbauschrankes passen. Na ja, der Preis spielt natürlich auch eine wichtige Rolle. Da das alte Bett behelfsmäßig noch zu benutzen ist, setzen wir uns bei der Suche nach dem passenden Nachfolger nicht unter Zeitdruck. Das ist gut so; denn eines Tages macht ein Möbelhaus Reklame für sein Bettenlager mit „Sonderangeboten" und hat ein farblich passendes Bett, bei dem die Höhe und der Preis unseren Vorstellungen entsprechen, leider jedoch nicht das Maß (1,80 x 2,00). Aufgrund der räumlichen Gegebenheiten in unserem Schlafzimmer sind die bisherigen 1,60 x 2,00 Meter unabdingbar. Die nette und engagierte Verkäuferin stellt daraufhin zunächst einmal per PC-Suche fest, dass es das Bett beim Hersteller auch im gewünschten Maß gibt. Mit dem Chef wird von ihr danach geklärt, dass sie das bestellen und mit einem „Sonderangebotspreis" anbieten darf – da haben wir Glück gehabt. Die mehrwöchige Lieferzeit nehmen wir dafür gerne in Kauf.

In der Zwischenzeit sind die Renovierungsarbeiten in den beiden anderen Zimmern abgeschlossen worden. Die Teppichverleger haben prima gearbeitet und wir sind mit unseren Tapezierkünsten auch sehr zufrieden. Beim Ablösen der alten Tapeten hat es keine Probleme gegeben. An den zum Teil schrägen Wänden hat

Angelika wieder ihre „Klebekunst" bewiesen, tatkräftig unterstützt von meiner Schneide- und Kleistertechnik.

Nachdem das neue Bett geliefert worden ist – schön diese höhere Lage, auch beim Aufstehen ist es bequem – haben wir das Thema „Renovierung OG" abgeschlossen. Alles ist gut geworden, wenn auch teurer als geplant. Ach ja, erwähnen muss ich vielleicht noch, dass wir bei den Teppichböden „Mut zur Farbe" gehabt haben. Im Ankleidezimmer liegt jetzt sogar roter Teppich; der Verkäufer hat uns dazu überredet. Wir haben es im Nachhinein nicht bedauert; denn der Teppich sieht in dem Raum richtig gut aus. Das haben uns auch alle bestätigt, denen wir unsere renovierten Zimmer gezeigt haben. Allerdings hat die leuchtend rote Teppichfarbe doch einen kleinen Nachteil: man sieht darauf jeden Fusel und sich veranlasst, öfter als sonst den Staubsauger zu betätigen. Das, habe ich gelesen, soll für den Teppich jedoch nicht nachteilig, sondern sogar gut sein. Und die *Azul imperial* – Platten im Bad „genießen" wir jeden Morgen beim Duschen. Auch Angelikas Vorhersage, es werde sich bewähren, keine Fugen zu haben, hat sich bewahrheitet.

12
Erneute Planungsphase

Wie geplant, nehmen wir uns vor der Renovierung des
Erdgeschosses ein Jahr „Auszeit". Die verlängern wir
um ein halbes Jahr bis zum Herbst. Allerdings fangen wir
im Frühjahr damit an, nach Teppichböden Ausschau zu
halten. Der Beige-Ton, den wir suchen, ist anscheinend
„nicht in Mode"; all unsere Suche verläuft ergebnislos.
Mehrmals wird uns geraten: „Nehmen Sie doch Fliesen."
Na, da es unseren „Wunschteppichboden" nicht gibt,
beschäftigen wir uns tatsächlich mit Fliesen. Ja, da ist die
Auswahl groß! Mehrmals meinen wir, etwas Passendes
gefunden zu haben und stellen dann beim Hinlegen der
Muster fest, dass sie in unseren Zimmern farblich ganz
anders wirken als in den Geschäften. So nach und nach
wird der Umkreis, in dem wir suchen, immer größer. Nun
ja, unsere Kriterien sind, zugegeben, „nicht einfach": Es
soll ein Beige-Ton sein, matt, nicht glatt, mit Struktur,
nicht rustikal, pflegeleicht, in unterschiedlichen Größen,
um nicht eintönig zu wirken und zu teuer sollen die
Fliesen verständlicherweise auch nicht sein. Bei einem
Anbieter im Westerwald begeistert uns eine italienische
Fliese. Leider gibt es die nur als Einzelstück in der
Ausstellung; ein Muster, das wir aufgrund unserer
Erfahrungen unbedingt zunächst haben möchten, muss
erst noch bestellt werden. Da es aus Italien kommt,
müssen wir einige Wartezeit in Kauf nehmen. Als wir
schließlich informiert werden, dass die Musterlieferung

angekommen ist, fahren wir sofort los, um sie holen. Wir staunen und sind erfreut: Wir erhalten nicht eine Musterfliese, sondern ein ganzes Paket zur Mitnahme. Toll, da werden wir ja einen richtigen Eindruck von der Wirkung bei uns erhalten. Im Wohnzimmer öffne ich ganz vorsichtig die Verpackung – und erstarre: alle Fliesen im Paket sind zerbrochen! Würden Sie sich noch für solch eine Fliese entscheiden? Angelika und ich sind uns sofort einig: „Nein!" Ich informiere den Anbieter per Telefon über die kaputte Lieferung. Er reagiert recht gelassen: „Das kann beim Transport von Italien schon mal passieren. Soll ich Ihnen das Muster nochmal bestellen?" Er kann nachvollziehen, dass wir uns für die Fliese nun nicht mehr interessieren. Wir brauchen ihm die Bruchstücke nicht zu bringen: „Behalten oder entsorgen Sie die." Angelika entscheidet sich fürs Behalten: „Daraus kann ich bestimmt noch irgendetwas Schönes basteln."

So allmählich läuft uns die Zeit davon. Wir gehen bei der Suche nach dem passenden Bodenbelag in der nächsten Zeit „zweigleisig" vor, prüfen Teppichböden und Fliesen. Von manchen Händlern erhalten wir bei telefonischer Anfrage die Auskunft: „Wir haben neue Ware, kommen Sie doch nochmal zu uns." Ich bin mir nicht sicher, ob die Händler schließlich über uns oder wir über die Angebote verzweifelter gewesen sind. Wir ziehen irgendwann den „Schlussstrich" und verschieben die EG-Renovierung ins nächste Jahr.

Doch auch dann wird es nichts damit. Ende Juni, im letzten Meisterschaftsspiel der Tennissaison, im Doppel, kann Angelika sich plötzlich nicht mehr bewegen. Ihre Mitspielerinnen vermuten, dass sie zeitgleich Krämpfe oder Muskelfaserrisse in beiden Waden erlitten hat. Als ich, selber an dem Tag auch im Tenniseinsatz, informiert werde und mit einem Teamkollegen darüber spreche, meint der: „Faserrisse zeitgleich in beiden Waden, das halte ich für unwahrscheinlich. Mir ist das so oder so ähnlich ja vor zwei Jahren auch passiert; bei mir ist damals ein Bandscheibenvorfall diagnostiziert worden. Lass Deine Frau darauf untersuchen." Tja, der Kollege hat Recht gehabt. „Krankengymnastik, keine körperliche Belastung in nächster Zeit, kein Tennis, keine schwere Gartenarbeit, schwimmen ist sinnvoll", empfiehlt der Orthopäde. Uns ist klar: Renovierungsarbeiten kommen nicht in Betracht.

Diese „Zwangspause" hat jedoch auch etwas Gutes: Im Herbst gibt es wieder beige Teppichböden. Wir haben uns nun gegen Fliesen im Erdgeschoss entschieden. Die Kombination „Fliesen und Fußbodenheizung" hat bei uns im Badezimmer dazu geführt, dass sich dort regelmäßig sichtbar „Staubmäuse" bilden; die möchten wir im Wohnzimmer vermeiden. „Staubsaugen ist angenehmer als ständig wegen Staub zu wischen", hat Angelika sich eine klare Meinung gebildet. Und, hurra, wir finden einen Teppichboden, der uns gefällt. Auf das Argument des Verkäufers: „Bestellen Sie jetzt, im nächsten Jahr wird die Ware garantiert teurer", gehen wir allerdings nicht ein. Es hat sich bei der Teppichauswahl für das Obergeschoss ja „bezahlt gemacht", mehrere Angebote einzuholen. Ich suche also im Internet, welche Händler alternativ in Betracht kommen. Am liebsten würden wir wieder den nehmen, der die Teppichböden im OG verlegt hat; denn seine Leute haben prima gearbeitet. Es stellt sich jedoch leider heraus, dass sein Geschäft bei der Teppichfirma nicht im Händlerverzeichnis steht. Trotzdem suchen wir ihn auf und fragen, ob er uns ein Angebot machen kann. Er will sich um einen Kontakt mit der Teppichfirma bemühen und kommt zu uns, um die Flächen auszumessen. Seine Berechnungen stimmen exakt mit denen überein, die ich zuvor selber auch schon gemacht habe. Das ist hingegen bei dem Verleger, der von der Firma kommt, bei der wir den Teppich ausgesucht haben, nicht der Fall. Er stellt als erstes, ohne uns zu begrüßen, fest: „Ach, Ihr Teppich liegt ja völlig falsch!" Nun, den Eindruck haben wir achtzehn Jahre nicht gehabt. Der Teppichboden ist seinerzeit bewusst so gelegt worden, um nur eine kleine, kaum zu sehende Nahtstelle zu bekommen. Angelika und ich schauen uns schon vielsagend an, lassen den Verleger aber messen. Er schlägt uns danach eine Verlegung vor, bei der es drei Nahtstellen gibt, davon eine direkt „Mitte Sofa", auf dem wir üblicherweise sitzen. Er ist erstaunt, als wir ihm sagen, dass wir den Teppich so nicht verlegt haben möchten. „Das ist aber fachlich genau richtig; ich kann es Ihnen so nur sehr empfehlen." Nun, wir haben ja schon einen anderen Vorschlag erhalten und erklären dementsprechend, wie wir es haben möchten. „Dann muss ich ja alles nochmal neu ausmessen", ist der Mann nicht besonders davon angetan. Sein weiteres Pech ist, dass er dabei die genommenen Maße laut vor sich hin sagt. Da sie uns bekannt sind, weise ich ihn zweimal darauf hin, dass seine Messung nicht stimmt. Nachdem er sich verabschiedet hat, sind Angelika und ich uns sofort einig: „Der bekommt den Auftrag nicht." Immerhin dient uns das Angebot, das uns die Firma dann macht, zur Preisorientierung. Ein anderes Angebot ist 85% (i.W. fünfundachtzig Prozent) teurer! Der Firma erteilen wir den Auftrag auch nicht. Vergeblich hoffen und warten wir auf das Angebot der Firma, mit der wir zwei Jahre zuvor sehr zufrieden gewesen sind. Bei telefonischer Nachfrage werden wir zunächst vertröstet: „Ich bin dran, ich habe Sie nicht vergessen, der Außendienstmitarbeiter ist noch nicht hier gewesen." Später heißt es: „Wir haben so viel zu tun gehabt. Geben Sie mir noch ein paar Tage." Zwei Monate danach kommt die Information: „Es tut mir leid, ich bekomme zu der Herstellungsfirma keinen Kontakt."

Wir „stehen wieder bei null" und beschließen, neu nach einem Teppichboden zu suchen. Gleich im ersten Geschäft erleben wir eine Überraschung – da liegt ein Katalog der Firma, deren Teppichboden wir ausgesucht haben; der ist allerdings nicht darin. Das Gespräch mit einem Verkäufer ergibt: „Stimmt, der Katalog ist neu bei uns. Die Firma ist bisher recht elitär gewesen, hat ihre Ware fast nur über Raumausstatter vertrieben. Wir haben nun auf der letzten Messe Kontakt zu ihr bekommen. Wenn Sie von dem Teppichboden Ihrer Wahl eine Artikelnummer haben, kann ich gerne anfragen. Soll unser Verleger mal unverbindlich zum Ausmessen zu Ihnen kommen?" „Das müsste kurzfristig erfolgen. Wir haben bereits Angebote vorliegen, sind aber an einem Angebot von Ihnen durchaus interessiert. Wir möchten den Teppich noch in diesem Jahr bekommen. Gäbe es bei Ihnen da ein Problem, zum Beispiel mit Lieferfristen?" „Nein, mit Lieferfristen beim Teppich nicht, allenfalls mit Terminen unserer Verleger, die sind derzeit reichlich ausgebucht. Warten Sie, ich schau mal nach, wie es bei denen terminlich aussieht. Mhm, Ende November ist noch eine Woche frei." „Na, dann wären wir jedenfalls vor Weihnachten fertig. Wann kann Ihr Verleger denn zu uns kommen?" „Moment, ja, das wäre am Donnerstag nach 18:00 Uhr möglich." „In Ordnung, machen wir so." Als wir im Auto sitzen, freuen wir uns, dass nun doch die Chance besteht, den ausgesuchten Teppichboden zu bekommen.

Der Verleger denkt am Donnerstagabend zuerst über die Lösung „mit den drei Nähten" nach. Als ich ihm sage, dass wir die nicht haben möchten, geht er sofort auf meine Hinweise ein. Er ermittelt dann die Maße auch exakt so, wie ich sie kenne. Insgesamt macht er einen kompetenten Eindruck. „Wie viel Zeit kalkulieren Sie für

die Arbeiten?" „Was machen Sie denn mit den Möbeln?"
„Die kommen alle raus, die Flächen werden frei sein." „Dann benötigen wir einen Tag für das Entfernen des Teppichbodens, einen für die vorbereitende Bearbeitung der Flächen, einen für das Verlegen in den Räumen und einen für die Treppe und für Feinarbeiten." „Können wir uns in der Zeit denn im Haus bewegen?" „Wenn wir die Flächen vorbereiten, müssen die etwa zwei bis drei Stunden trocknen, dann sind Sie etwas eingeschränkt in Ihrer Freiheit." „Das ist kein Problem."

Drei Tage später schickt die Firma ihr Angebot. Es liegt etwa in der Mitte zwischen dem günstigsten und teuersten. Ich meine, ich könne noch handeln. Zum einen sind mehr Quadratmeter als ausgemessen berechnet worden, zum anderen hat der Verkäufer bei unserem Gespräch gesagt: „Sehen Sie sich unser Angebot an und dann können wir das ja nochmal erörtern." Das mache ich natürlich. Zunächst wird dabei geklärt, dass der Verkäufer einige Quadratmeter für den Teppichboden zusätzlich berechnet hat, weil er auf Basis der vom Verleger erstellten Raumskizze angenommen hat, es lege ein Rechenfehler vor. Ich weise darauf hin, dass an einer Stelle einige Quadratmeter übrig bleiben, die an anderen Stellen verwendet werden können. Vorsichtshalber lässt der Verkäufer sich das telefonisch vom Verleger, der irgendwo auf einer Baustelle ist, noch bestätigen. „Dann korrigiere ich das selbstverständlich, so dass sich ein etwas günstigerer Preis ergibt." „Ich habe aber noch einen Hinweis." „Ja bitte?" „Sie wissen ja, dass uns schon andere Angebote vorliegen. Der dabei günstigste Anbieter hat den Quadratmeterpreis etwa fünf Euro niedriger als Sie berechnet." „Können Sie mir das Angebot zeigen? Wir haben die Geschäftspolitik, in solchen Fällen preislich mitzuhalten, aber ich benötige verständlicherweise dafür einen Nachweis." „Das ist kein Problem, ich kann Ihnen das Angebot morgen zeigen." Der Verkäufer zögert einen Moment, sagt dann: „Ach, wissen Sie was, ich glaube Ihnen das auch so. Ich rechne jetzt einfach mal, auf welche Summe wir kommen." Er tippt das Besprochene in seinen PC ein und stellt bald fest: „Oh ja, nun sind es ja fast tausend Euro weniger." Zufrieden zeigt er mir das neue Angebot. Ich bin jedoch noch nicht ganz zufrieden: „Wenn Sie den Betrag um 125,60 € kürzen, ergibt sich eine schöne runde Summe. Und wenn Sie mir die dann als Festpreis zusichern, bekommen Sie den Auftrag. Das andere Angebot ist zwar immer noch günstiger, aber Ihr Verleger hat den besseren Eindruck hinterlassen." „Erteilen Sie mir den Auftrag sofort?" „Ja!" „Dann geben Sie mir einen Moment Zeit, damit ich Ihren Wunsch irgendwie sinnvoll verarbeiten kann." Das dauert ein paar Minuten, in denen einige PC-Eingaben und begleitende Rechnereien mit einem Taschenrechner erfolgen. „So, ich hab's; sehen Sie hier, das und das habe ich als kostenloses Serviceangebot notiert, da habe ich die Menge etwas korrigiert. Wenn Sie unterschreiben, sind wir uns einig." Ich bin happy, dass wir nun doch noch unseren ausgewählten Teppichboden und ihn zu einem „vernünftigen" Preis bekommen. „Da wird Angelika sich freuen", denke ich. Das tut sie auch, macht jedoch leichte Bedenken geltend: „Wie sehen denn die Abschlusskanten für die Treppe aus?" „Weiß." „Hast Du sie Dir zeigen lassen?" „Nein, aber man hat mir gesagt, die seien gut und empfehlenswert, darauf verlasse ich mich."

13
Alles muss raus

Nachdem nun endlich Klarheit über den Teppichboden und den Termin (letzte Novemberwoche, Montag bis Donnerstag) besteht, können wir weitere Vorbereitungen treffen. Für das Ausräumen der Schränke und Regale besorgen wir uns Umzugskartons. Dabei haben wir sogar das Glück, dass ein Baumarkt sie mit „Sonderpreis" anbietet. Angelika hat noch eine gute Idee: „Für das Verpacken von Gläsern gibt es Spezialkartons. Die habe ich irgendwo gesehen, da kann man die Gläser reinstellen, ohne sie besonders einpacken zu müssen. Such doch mal im Internet, ob und wo es die günstig gibt." Ja, die gibt es – innerhalb von drei Tagen werden solche Kartons geliefert. Als sie gebracht werden, sind wir nicht zu Hause. Da bewährt sich mal wieder das gute Nachbarschaftsverhältnis, zu dem es des Öfteren auch gehört, dass man Paketlieferungen annimmt, wenn der andere nicht da ist. Als der Nachbar uns die Kartons bringt, fragt er: „Wollen Sie Bilder verschicken?" Er wird über den Sachverhalt aufgeklärt. „Oh, da haben Sie aber viel vor. Wenn Sie Hilfe beim Möbeltransport brauchen, sagen Sie uns Bescheid." Die Möbel sollen dieses Mal nicht in anderen Zimmern, sondern in der Garage untergebracht werden. Wir haben beschlossen, für diesen „Umzug" eine Möbeltransportfirma zu beauftragen. Einige Möbel sind reichlich schwer, zum Beispiel zwei Schreibtische und ein Schreibschrank aus dem Arbeitszimmer. Die Schlepperei wollen wir uns nicht antun. Außerdem ist es sinnvoll, einige der Wohnzimmermöbel fachgerecht von einem Schreiner auseinander nehmen zu lassen. Dementsprechend setze ich mich mit mehreren Möbeltransportfirmen in Verbindung. Eine reagiert sofort und schickt einen Mann, der sich das „Transportgut" ansehen möchte, um ein Preisangebot machen zu können. Das hört sich sehr vernünftig an. Als wir dann ein paar Tage später das Angebot erhalten, ist es alles andere als vernünftig. Erneut bestätigt sich: Preise vergleichen! Ein Unternehmen teilt uns ihre „Stundensätze" für Schreiner und Möbelpacker mit. Ein anderes antwortet, dass es an den von uns angefragten Terminen (freitags ausräumen, eine Woche später einräumen) leider schon ausgebucht ist, verweist uns an ein befreundetes Unternehmen. Das schickt auch einen Mitarbeiter zu uns, um den Umfang „vor Ort" zu beurteilen. Der junge Mann macht einen guten Eindruck und kalkuliert sofort einen Preis. Auf meinen Wunsch nach einem „Festpreis" geht er ein – der ist sehr deutlich unter dem des ersten Anbieters. Zwei Tage später erhalten wir das besprochene Angebot per Mail schriftlich – der Auftrag wird umgehend erteilt.

Mitte November fangen wir „langsam, aber sicher" an mit dem Ausräumen der Schränke. Haben Sie das schon mal gemacht und dabei auch Sachen gefunden, die jahrelang nicht benutzt worden, eigentlich inzwischen bereits in Vergessenheit geraten sind? „Ach, sieh mal, hier hinten in der Schublade ist das gewesen. Das finde ich ja immer noch schön!" stellt Angelika dabei fest. Ich hingegen äußere: „Jetzt besteht die Möglichkeit, mal was wegzuschmeißen. Das haben wir ewig nicht benutzt, also brauchen wir es doch gar nicht." Bei diesem Thema werden, wie bei uns üblich, Kompromisse gefunden: „Das bleibt, das kann weg." Bei einem „richtigen" Umzug wäre sicherlich mehr entsorgt worden. Das „Sich-von-Sachen-Trennen" hat ja den Vorteil, dass Platz für was Neues geschaffen wird.

Ich kümmere mich dann um das Verpacken der Gläser. Es geht zügig und kein Glas kaputt. Die angeschafften „Gläser-Kartons" bewähren sich gut. Komplizierter ist da schon das Verpacken der vielen Bücher. Zunächst werden sie „der Reihe nach" in Kartons untergebracht; aber dabei ergeben sich jeweils Lücken, die gefüllt werden müssen, um den Platz zu nutzen. Schon gerät die eigentlich angestrebte Ordnung durcheinander, da es nur noch um „groß, klein, passend" geht. Und Achtung: Papier beziehungsweise Bücher sind schwer! Das Vollpacken eines Umzugskartons ist dabei eine Sache, deren Transport eine andere. Nachdem ich zwei volle Kartons die Treppe hoch geschleppt habe, um sie im Gästezimmer zu deponieren, werden die folgenden zunächst nur zur Hälfte gefüllt und nach oben getragen. Dort erfolgt das Vollladen, indem Bücher im EG in einen Wäschekorb gepackt und damit nach oben getragen werden. In Abwandlung eines bekannten Sprichwortes gilt: „Was man nicht in den Armen hat, muss man in den Beinen haben."

So nach und nach leeren sich die Schränke und Regale im Erdgeschoß, nehmen im Gäste- und Ankleidezimmer die gestapelten Umzugskartons zu. Dabei müssen wir darauf achten, dass für uns im Gästezimmer noch genügend „Platz zum Leben" bleibt; denn dort wollen wir uns aufhalten, während die Handwerker im Erdgeschoss tätig sind. Zum einen steht im Gästezimmer ein Fernsehgerät, das wir in der für uns angekündigten Zeit des „Nichtstuns" nutzen möchten, zum anderen positionieren wir in dem Raum auch noch den Laptop, um dann Internet und E-Mail zur Verfügung zu haben. Telefonkontakt wird kein Problem werden, da wir im Haus vier Geräte verteilt haben. Allerdings bereiten mir die Hauptanschlüsse fürs Telefon und Internet Sorgen. Sie befinden sich im Arbeitszimmer, wie vermutlich in den meisten Fällen, nur knapp oberhalb des Fußbodens. Wie kann ich sicherstellen, dass sie dort bei den anstehenden Arbeiten nicht beschädigt werden? Dabei ist zusätzlich zu berücksichtigen, dass wir in dem Raum auch noch neu tapezieren wollen. Ich schiebe das Thema vor mir her, bis der Raum leer steht.

Auch im Wohnzimmer und Treppenhaus soll der neue Teppich verlegt werden. Dort haben wir „Rauputz mit Kellenschlag" an den Wänden, so dass sich für uns kein „Tapezierproblem" ergibt. Da bei uns nicht geraucht

wird, sehen die Wände immer noch „frisch und sauber"
aus. Der Malermeister, der uns bei der Glasfasertapete im
Badezimmer beraten und unterstützt hat, rät von einem
Überstreichen ab: „Das sieht gut aus, lassen Sie es so.
Mit Farbüberzug verliert der Putz die Vorteile seiner
Struktur und die schöne Wirkung."

14
Es passiert etwas

Angelika ist in der Stadtmitte unterwegs. Dort gibt es seit
längerem eine Großbaustelle, in der Fußgängerbereiche
ausgewiesen sind. In einem der Bereiche wird gearbeitet.
Angelika übersieht ein in Fußhöhe stramm gespanntes,
aber in keiner Weise kenntlich gemachtes Band, stolpert
und stürzt. Ein Bauarbeiter macht eine „dumme
Bemerkung" (Frauen, schauen überall hin, aber passen
nicht auf.), ein anderer erkundigt sich: „Ist alles in
Ordnung mit Ihnen?" Angelika steht auf und verspürt
keinen Schmerz: „Ja, ja, danke, alles in Ordnung." Etwa
zwanzig Meter weiter stellt sie fest: „Oh, das Schnürband
meines linken Schuhs ist ja offen." Sie will eine Schlaufe
machen und stellt erschreckt fest, dass sie den linken
Arm gar nicht oder nur unter großen Schmerzen bewegen
kann. Kurz entschlossen geht sie zur wenige hundert
Meter entfernten Praxis eines Orthopäden. Dort wird sie
bei der Anmeldung mit den Worten begrüßt: „Wir haben
gleich Mittagspause." Nachdem sie ihren akuten „Fall"
geschildert hat, wird sofort eine Röntgenaufnahme
gemacht. Nach dessen Studium sagt der Orthopäde: „Es
sieht so aus, als ob nichts gebrochen ist, aber sicher bin
ich mir da nicht. Es könnte ein Riss im Knochen sein.
Lassen Sie so schnell wie möglich eine radiologische
Aufnahme machen." Er füllt eine Überweisung aus und
notiert darauf: „Eilt!" Mit dieser Information ruft
Angelika mich an, schildert mir kurz, „was Sache ist"

und bittet mich, sie in der Stadtmitte abzuholen: „Ich kann mit dem Arm das Auto nicht mehr fahren." Ich rufe einen Nachbarn an, schildere ihm, was los ist und frage: „Kannst Du mich bitte eben in die Stadt fahren?" So wird mir ermöglicht, Angelika und das Auto abzuholen. Zu Hause rufe ich das radiologische Institut in Koblenz an, in dem wir schon ein paar Mal gut beraten worden sind. „Frühestens in fünf Wochen haben wir einen Termin frei", bekomme ich zu hören. Nun, es gibt in Koblenz noch ein anderes radiologisches Institut. „Erst im Januar kann ich Ihrer Frau einen Termin anbieten." Ach, in Neuwied ist doch auch solch eine Einrichtung. Wir rufen da nicht an, sondern fahren direkt dorthin: „Es tut mir leid, aber wir sind die nächsten sechs Wochen ausgebucht." Der Nachbar, der mich in die Stadt gefahren hat, sagt: „Ich habe damals mit meinem Knie sofort einen Termin in Montabaur bekommen." Ich suche die Telefonnummer des dortigen Institutes heraus: „Frühestens in fünf Wochen ist ein Termin frei." Das teilt uns auch die Dame eines Institutes in Andernach mit, allerdings erst, nachdem sie gehört hat, dass wir nicht privat versichert sind. Eine Mannschaftskollegin von Angelika ruft an. Als sie vom Malheur erfährt, rät sie: „Wir haben für meinen Mann seinerzeit schnell einen Termin in Lahnstein bekommen." Auch dort ist vor Januar nichts frei. Die Mitarbeiterin hat aber eine Idee: „Von Neuwied aus rufen Sie an? Versuchen Sie es dort doch mal im Krankenhaus; das hat auch die notwendigen Geräte." Wir machen uns auf den Weg und marschieren gleich durch zur Radiologie. An der Anmeldung werden wir aufgeklärt: „Hier können Sie nur untersucht werden, wenn Sie stationär eingewiesen sind." Da habe auch ich noch eine Idee: „Hier im Krankenhaus gibt es doch eine Unfallstation. Wenn man da behandelt wird, veranlassen die Ärzte vielleicht eine radiologische Aufnahme." Also gehen wir zur Unfallaufnahme. Angelika schildert ihren Sturz und die Armbeschwerden. „Ja, nehmen Sie bitte im Warteraum Platz!" Dort herrscht Hochbetrieb. Ein kleiner Junge hat auf eine Herdplatte gefasst und sich verbrannt. Na, das kennt wohl fast jede Familie. Ein Mädchen ist beim Sportunterricht gestürzt und hat sich den Arm gebrochen. Ein älterer Herr bewegt sich, offensichtlich stark behindert, mit Gehhilfen. Nach etwa einer halben Stunde Wartezeit wird Angelika „in Kabine 5" gerufen. „Ich röntge Ihren Arm", bekommt sie dort zu hören. Klar, das muss ja wohl zunächst so sein. Nach der Aufnahme und einer erneut längeren Wartezeit soll sie „in Kabine 2" kommen. Wir sind gespannt, ob jetzt wohl die radiologische Untersuchung veranlasst wird. „Sie scheinen Glück gehabt zu haben; soweit wir das auf der Röntgenaufnahme sehen können, ist nichts gebrochen. Schonen Sie den Arm ein bis zwei Tage, aber dann machen Sie Bewegungsübungen. Der Arm muss bewegt werden. Falls Sie allerdings nach acht Tagen immer noch heftige Schmerzen haben, bemühen Sie sich um eine radiologische Untersuchung." Baff, wir sind so klug als wie zuvor. Na, immerhin haben wir nun zweimal die Aussage, dass sehr wahrscheinlich nichts gebrochen ist;

das ist doch irgendwie recht beruhigend. Allerdings, wenn es so schwierig ist, einen Termin in der Radiologie zu bekommen, dann wollen wir uns vorsorglich für den Fall einen geben lassen, dass die Schmerzen nicht nachlassen. Ich rufe nochmal bei einem Institut in Koblenz an und bekomme erneut bestätigt: „Frühestens im Januar." Es wird ein Termin am 06.01. um 10:15 Uhr vereinbart. Ich frage noch: „Wenn jetzt vorher jemand absagt, können wir dann kommen?" „Wir erhalten hin und wieder Absagen, aber in solch einem Fall rufen wir nicht an. Die Warteliste ist lang, da können wir keine Auswahl treffen." „Darf ich gelegentlich nachfragen?" „Das können Sie selbstverständlich gerne machen, sinnvollerweise mittags." „Ich könnte also jeden Tag anrufen?" „Ja, dürfen Sie." „Na dann, bis bald!" Ich rufe nicht jeden, aber so in etwa jeden dritten Tag dort an, zunächst erfolglos.

15
Möbeltransport

Angelika „beißt die Zähne zusammen" und betätigt sich trotz der Armschmerzen weiter beim Ausräumen und Verpacken. Wir haben unsere Arbeiten zeitlich gut eingeteilt; pünktlich am Donnerstag sind wir fertig. Freitagmorgen können nun die Möbelpacker kommen. Am Donnerstagabend klingelt das Telefon: „Sie haben für morgen früh die Firma …. für Möbeltransportarbeiten beauftragt und dabei Wert auf einen Schreiner gelegt?" „Ja, aber was soll die Frage? Wer sind Sie?" „Ich bin gerade von der Firma angerufen worden. Deren Schreiner hat sich heute schwer am Handgelenk verletzt. Ich bin gebeten worden, mit Ihnen Kontakt aufzunehmen, ob Sie damit einverstanden sind, dass unsere Firma aushelfend einspringt." „Haben Sie denn auch einen Schreiner?" „Ja, ich bin das." „Ja dann, klar, einverstanden, zeitlich ist bei uns alles so aufeinander abgestimmt, dass die Möbel morgen früh aus der Wohnung kommen." „Nun, da ergibt sich leider noch ein Problem. Ich kann morgen frühestens gegen 14:00 Uhr bei Ihnen sein." „Nein, das geht nicht, ab Mittag sind in einem Raum Malerarbeiten geplant; die müssen fertig sein, bevor Montagmorgen mit den Teppicharbeiten begonnen wird." „Oh, das habe ich nicht gewusst. Da muss ich versuchen, bei uns was anders zu organisieren. Kann ich Sie gleich nochmal anrufen?" „Ja, bis gleich." Etwa eine Viertelstunde später kommt der Anruf: „Ist morgen früh um 09:00 Uhr in

Ordnung? Eher schaffe ich es wirklich nicht." „In Ordnung, morgen 09:00 Uhr." Na, gut für uns, dass die Möbelspeditionen sich gegenseitig helfen.

Um 09:07 Uhr kommen zwei Männer, einer mit breiten Schultern, einer mit „Normalfigur". Der mit den breiten Schultern ist der Anrufer von gestern. Er ist Schreiner und Juniorchef „seiner" Firma. Er ist „richtig gut", jeder Handgriff sitzt, jede Anweisung an den Mitarbeiter ist klar. Der ist, wie sich im Gespräch ergibt, Hilfskraft, angehender Student, jedoch nicht für einen technischen Beruf, sondern für Betriebswirtschaft. Aufgrund seines geschickten Verhaltens vermute ich aber richtig, dass er heute nicht zum ersten Mal als Möbelpacker tätig ist. Vermutlich haben wir es seiner Einsatzbereitschaft zu verdanken, dass es gestern Abend möglich gewesen ist, für uns noch den „Frühtermin" zu organisieren. Ich bin jedenfalls froh, den Möbeltransport an „Fachleute" vergeben zu haben. Für das Schleppen der zwei Schreibtische und des Schreibschrankes nutzen sie Schultergurte. Ja, damit geht das natürlich einfacher. Mit den „Schreinerarbeiten" an den Wohnzimmerschränken hätte ich mich ebenfalls viel schwerer getan. Dabei gibt es allerdings leider eine Negativmeldung: „Die Schienen für die Schubladen sind beschädigt. Zum einen sind sie ja schon recht alt, zum anderen sind die Schubladen wohl zu schwer beladen worden. Solange sie nur hin und wieder mal geöffnet und geschlossen werden, macht sich das kaum bemerkbar; aber jetzt beim Ausbau fallen die kleinen Kugeln, die in den Schienen das Gleiten der Schubladen ermöglichen, aus der Fassung. Na, ich kümmere mich darum und besorge neue Kugeln. Das bekomme ich beim Einbau schon irgendwie geregelt." Ich beteilige mich selbstverständlich selber auch am Möbeltransport. Stühle, Regalbretter, Schubladen, Stehlampen, CD-Ständer, Tuner, Schallplattenapparat und Blumenständer schaffe ich locker. Viel wichtiger für den reibungslosen Ablauf ist aber mein „Stellplan" in der Garage. Angelika hat zwar gemeint, die Mühe, die ich mir mit Ausmessen und Planskizzen gemacht habe, sei überflüssig gewesen, weil die Möbelpacker routinemäßig alles sinnvoll stellen und unterbringen werden, aber da hat sie sich geirrt. Mein Plan wird vom Juniorchef kurz begutachtet und dann für gut befunden. „Genauso machen wir das, das ist ja eine prima Hilfe für uns!" Ein weiteres Lob bekomme ich von ihm dafür, dass ich den Garagenboden schon mit Abdeckvlies ausgelegt habe. Die Idee dazu hat allerdings Angelika gehabt.

Mit meinem Stellplan und der Routine der Möbelpacker erfolgt der „Umzug in die Garage" problemlos. Nach etwa zweieinhalb Stunden ist die Arbeit erledigt, das Ausräumen geschafft – toll! Im Wohnzimmer sind eine Couch, ein Beistelltisch und der Fernseher verblieben; sie möchten wir noch übers Wochenende „zur Entspannung" nutzen. In der Garage ist, wie in meiner Skizze geplant, dafür exakt noch die benötigte Stellfläche vorhanden.

16
Tapezieren

Am Freitagnachmittag beginnen wir im Arbeitszimmer mit dem Entfernen der Tapete. Das klappt erfreulich gut, trotz Angelikas Schmerzen im linken Arm. Etwas komplizierter wird dann das Tapetenablösen an der Decke. Als wir das Haus gekauft haben, ist dort eine „Sternentapete" angebracht gewesen. Die haben wir damals mit kräftigem Weiß übermalt. Nun möchten wir jedoch gar keine Tapete mehr an der Decke haben. „Unser" Malermeister hat uns gut zugeredet: „Das schaffen Sie auch wieder alleine. Wenn die Decke keine Schäden hat, brauchen Sie die nur zu streichen." Die Farbe dafür hat Angelika schon vor einigen Wochen gekauft.

Samstagmittag sind Wände und Decke „tapetenfrei". Während Angelika sich dann „ums Essen kümmert", streiche ich die Decke. Die Farbe ist „fast" tropfenfrei. Über die paar sich ergebenden Farbflecken auf dem Teppich brauchen wir uns nicht zu ärgern, er kommt ja am Montag raus. Nach dem Essen und einer „Pause zum Trocknen der Decke" wird mit dem Tapezieren gestartet. Dabei ist Angelika (s.o. S. 34) normalerweise für das Anbringen zuständig, während ich zuschneide und kleistere. Dieses Mal jedoch ist das Tapezieren bei Angelika mit erheblichen Armschmerzen verbunden. Nun, ich habe im Laufe der Jahre ja schon etliche Male zugesehen. Mit diesem „Learning by looking" traue ich mir das Tapezieren selber auch zu. Wir finden wieder mal eine Kompromisslösung: Ich tapeziere die einfachen Stellen, also die geraden Wände, Angelika übernimmt die komplizierten Stellen, also die Bereiche Fenster, Tür und Wandecken. Nachdem ich die ersten Bahnen ordentlich angebracht habe, erhalte ich ein Lob meiner „Meisterin": „Weiter so, dann bestehst Du die Gesellenprüfung!" Abends haben wir 2/3 des Raumes geschafft und sind mit unseren Leistungen sehr zufrieden. Es wird nun auch Zeit, dass Angelika ihrem lädierten Arm Ruhe gönnt. Ich tüftle noch an dem Problem, wie unser Telefon- und Internetanschluss vor einer Beschädigung gesichert werden kann. Das habe ich ja „vor mir hergeschoben, bis der Raum leer ist". Irgendwann kommt Angelika ins Arbeitszimmer, um mich zum Abendessen zu holen. Als ich stöhne: „Ich habe noch keine sinnvolle Lösung gefunden", sagt sie: „Häng die Leitungen doch da mit dem Haken unter die Decke." Upps, an eine solche „Höhenlage" habe ich überhaupt nicht gedacht. „Ja, ich teste mal eben, ob die Leitungen lang genug für diese Überbrückung sind." „Das testest Du nun erst nach dem Essen!" Davon gut gestärkt, stelle ich erfreut fest, dass die „Deckenlösung" tatsächlich für die Telefon- und Internetleitungen möglich ist – wieder ist ein Problem gelöst. Sonntagmittag ist das Arbeitszimmer tapeziert. Angelikas heftige Schmerzen im linken Schultergelenk schmälern allerdings unsere Zufriedenheit erheblich. Die Erholungsphase am Nachmittag kommt da genau richtig.

17
Teppich wird verlegt

Am Montagmorgen klingelt der Wecker um 06:00 Uhr. Wir rechnen damit, dass die Teppichverleger früh mit ihrer Arbeit anfangen. Nach dem Frühstück befördere ich den Fernseher und den Beistelltisch in die Garage. Die Couch bleibt im Wohnzimmer stehen, weil Angelika nicht mittragen kann. Wir werden unruhig, als die Teppichverleger gegen 08:30 Uhr noch nicht da sind. Ich rufe in dem Geschäft an, es meldet sich dort aber niemand. „Die öffnen doch erst um 09:00 Uhr", findet Angelika eine Erklärung. Also rufe ich um 09:05 Uhr erneut an. Jetzt werde ich von der Zentrale zur Teppichabteilung durchgestellt. „Haben Sie uns vergessen?" frage ich dann. „Nein, wieso? Bei uns fangen alle einheitlich erst um 09:00 Uhr an, auch die Handwerker. Die packen gerade den Wagen und sind in etwa fünfzehn Minuten bei Ihnen." Als die Verleger dann kommen, sagt einer bei der Begrüßung: „Sie haben uns schon vermisst? Ich weiß, für Handwerker ist die Anfangszeit ungewöhnlich. Sie sind nicht der Erste, der erstaunt nachfragt, warum niemand um 07:00 Uhr auf der Matte steht. Keine Sorge, wir machen heute erst Schluss, wenn der alte Teppichboden raus ist. Na, das sieht hier doch gut für uns aus, alles oder fast alles ausgeräumt. Was soll mit dem Sofa geschehen?" „Das tragen Sie bitte in die Garage." Als ich das Garagentor öffne, staunen die Träger: „Oh, da ist ja genau noch ein Platz für das Sofa frei; das ist aber alles toll hier untergebracht." „Ich hatte einen Plan dafür ausgearbeitet." Zurück im Haus weise ich auf die hochgelegten Leitungen im Arbeitszimmer hin. „Das ist auch prima gelöst; Sie machen es uns einfach. Haben Sie hier tapeziert oder gestrichen? Es duftet intensiv nach frischer Farbe." „Ja, das ist unsere Wochenendarbeit gewesen." „Alles selber gemacht? Das sieht perfekt aus." „Tja, wir wollten Ihnen einen guten Maßstab setzen." „Na, dann fangen wir mal an und bemühen uns, es Ihnen gleich zu tun." Angelika und ich ziehen uns nach oben ins Gästezimmer zurück. Dort haben wir für uns etwa sechs Quadratmeter „Freiraum" gelassen; der Rest des Zimmers ist mit Umzugskartons und Kleinmöbeln ausgenutzt worden. Wir können lesen, Rätsel raten, uns am Laptop beschäftigen und ein älteres Fernsehgerät nutzen. Angelika hat außerdem einen Tauchsieder parat gestellt, um heißes Wasser für Kaffee oder Tee machen zu können. Man kann, zumindest kurzzeitig, auf sechs Quadratmetern „leben". Von unten dröhnt pausenlaus eine Maschine zum Lösen des Teppichbodens; die beiden Handwerker sind so für uns hörbar fleißig. Selbstverständlich haben wir ihnen Kaffee und Sprudelwasser „zur Erhaltung der körperlichen und geistigen Frische" bereit gestellt. Die Arbeit macht ihnen offensichtlich Spaß; denn wir hören sie manches Mal lachen. Ja, so wünscht man sich doch Handwerker. Gegen 13:00 Uhr ist das Wohnzimmer „entteppicht" und wir verständigen uns, dass „Mittagspause" gemacht wird. Die Handwerker fahren ins Geschäft und entsorgen den herausgenommenen Teppichboden. Wir fahren zu einem Einkaufscenter und stärken uns da „auf die Schnelle" mit Currywurst und Pommes frites. Nachmittags wird der Teppichboden im Arbeitszimmer und Treppenhaus entfernt; die Handwerker halten ihr Versprechen, „ganze Arbeit zu leisten". Am Dienstag werden die Böden für das Verlegen des neuen Teppichs vorbereitet; wir dürfen während der Trocknungszeit von etwa zwei Stunden unsere Sechs-Quadratmeter-Einsiedelei nicht verlassen. Mittwoch ist der Teppichboden mittags im Wohnzimmer komplett verlegt – es sieht gut aus! Nachmittags wird auch das Arbeitszimmer geschafft. Danach verabschiedet sich ein Verleger: „Der Kollege kommt morgen alleine; im Treppenhaus ist es für zwei zu eng. Das schafft er morgen; wir werden also, wie versprochen, Donnerstag fertig sein." Na, da kann ich abends doch beruhigt zwei Stunden „Herren-Doppel" Tennis spielen.

Während am Donnerstag im Treppenhaus der Teppich verlegt wird, sauge ich im Wohn- und Arbeitszimmer fleißig Florflusen ab. Das ist mir von den Verlegern erst für heute „erlaubt" worden. „Auch wenn es Ihnen in den Fingern juckt, den Teppichboden abzusaugen, lassen Sie ihn bis morgen unbehelligt liegen, das ist besser für ihn", ist mir gesagt worden. Gegen Mittag ist auch die Treppe mit Teppich versorgt. „Die Abschlusskanten bringe ich nach der Mittagspause an", sagt der Verleger. Unsere in seiner Pause vorgenommene Begutachtung der Treppe ergibt, dass er „nicht optimal" gearbeitet hat; der Kollege ist vermutlich der bessere Mann gewesen. Da der Teppichboden „liegt", können die von uns kritisch gesehenen Feinheiten jedoch nicht mehr nachgebessert werden. „Treppenstufen sind sicherlich schwieriger zu bearbeiten als Großflächen. Hauptsache im Wohnzimmer ist sauber verlegt worden; insbesondere die Nahtstelle ist gut geworden", ziehe ich ein positives Fazit und beginne, im Arbeitszimmer die Telefon- und Internetanschlüsse neu anzubringen. In meiner Hochkonzentrationsphase werde ich aber von Angelika gestört: „Du musst mal raus kommen; die Abschlusskanten an der Treppe können so nicht bleiben, die sehen schrecklich aus!" Der Verleger hat etwas mehr als die Hälfte angebracht. Mit einem Blick finde ich Angelikas Beurteilung bestätigt. „Stopp, die Kanten müssen wieder runter", informiere ich den Handwerker. „Sind das denn überhaupt die, die Du im Geschäft ausgesucht hast?" fragt meine Frau. „Ich habe gar keine ausgesucht, sondern mich auf die Empfehlung, es gebe schöne weiße Holzkanten, verlassen." „Die haben wir auch schon oft an Treppen angebracht", sagt der Verleger, „aber ich gebe Ihnen Recht, hier bei Ihnen sehen sie nicht besonders gut aus. Wie dem auch immer sei, Ihnen muss es gefallen. Das tut es nicht, also mache ich sie ab." Tja, das ist dann das etwas unschöne Ende des Teppichverlegens. Als der Handwerker weg ist, fragt Angelika, hörbar verärgert: „Wieso hast Du Dir die Kanten nicht zeigen lassen?"

18
Neugestaltung des Arbeitszimmers

Schuldbewusst verziehe ich mich ins Arbeitszimmer und kümmere mich dort wieder um den „Kabelsalat" für Telefon, Router, Speedport, PC, Drucker, Lautsprecher und Tischlampe. Im „neuen" Arbeitszimmer wird mein Schreibtisch nicht mehr, wie bisher, rechts, sondern links an der Wand stehen. Dementsprechend müssen die Anschlüsse und Leitungen neu verlegt werden. Ich habe für das Stellen der Möbel und die Lage der Anschlüsse natürlich alles mehrmals ausgemessen und in Skizzen übertragen. Der „Stellplan" für die Garage hat gezeigt, dass ich für so etwas durchaus Talent habe …

Als Angelika und ich uns über die Neugestaltung des Arbeitszimmers Gedanken gemacht haben, sind wir uns einig gewesen, die Bücherregale durch Hängeschränke zu ersetzen: „Das sieht schöner aus und dann stauben die Bücher nicht mehr voll." Bei der Suche nach passenden Schränken haben wir dreimal Glück bei *IKEA* gehabt. Zum einen haben uns dort Hängeschränke mit Glastüren im Vergleich zu allen vorher anderweitig in Augenschein genommenen Alternativen am besten gefallen. Eigentlich sind es Hängeschränke für Küchen, aber wir finden sie als Bücherschränke für uns auch sehr gut geeignet. Zum anderen ist das Küchenprogramm, als wir die Schränke zwei Wochen später bestellen wollen, im „Sonderangebot zu Weihnachten" zwanzig Prozent günstiger. Gut, dass wir nicht sofort gekauft haben! Schließlich (Glück 3) erspart uns die Verkäuferin noch eine Geldausgabe. Aufgrund positiver Erfahrungen mit dem „IKEA-Liefer- und Aufbauservice" bei drei Schränken mit Schiebetüren für das Ankleidezimmer haben wir den auch für die Hängeschränke vorgesehen. Die Verkäuferin klärt uns jedoch auf, dass es für den Service bei Küchenmöbeln einen nicht zu verhandelnden „Meterpreis" gibt. „Der rechnet sich beim Aufbau einer ganzen Küche, aber meines Erachtens nicht für diese Schränke." Sie sind in der Summe (4 x 0,80) 3,20 Meter breit. Als uns die Verkäuferin den „Küchenservicepreis" dafür ausrechnet, sind wir sofort überzeugt, ihn nicht in Anspruch zu nehmen. Wir haben uns dann „IKEA-typisch" verhalten, also die Einzelteile aus den Regalen des Warenlagers geholt und selber transportiert. Dabei habe ich eine gute Idee gehabt: „Beim Anbringen der Schränke kann uns doch der Schreiner der Möbeltransportfirma helfen. Das kostet zwar auch etwas, aber vermutlich viel weniger als der IKEA-Küchenaufbauservice."

Um den Zeitaufwand für diese Extraleistung so gering wie möglich zu gestalten, packe ich die Schrankteile aus und baue die Korpusse schon selber zusammen. „IKEA- erfahren" klappt das recht zügig. Das Anbringen der Glastüren überlasse ich, insofern ungeübt, jedoch dem Schreiner. Ich zeichne mit einem Bleistift auf die Tapete die Punkte, an denen Löcher für das Dübeln gebohrt werden sollen. Außerdem benutze ich eine Wasserwaage und ziehe zwischen den Bohrlochpunkten Linien, damit das gerade waagerechte Aufhängen gewährleistet ist. Ich bin mit mir zufrieden: Das Telefon funktioniert, die PC-Leitungen sind geordnet und das Aufhängen der neuen Bücherschränke ist gut vorbereitet. Na, damit habe ich doch wohl meine Schuld für das Nichtaussuchen der Treppenabschlusskanten hinreichend beglichen.

Am Freitag kommt wieder der Juniorchef der „Ersatz-Möbeltransportfirma". Dieses Mal bringt er nicht nur den aushelfenden Studenten, sondern einen seiner Mitarbeiter mit. Nach der Begrüßung bekommen wir zunächst eine Negativnachricht: „Ich habe vergeblich versucht, Kugeln für Ihre Schubladenschienen zu bekommen. Die gibt es so nicht mehr. Sie müssen sich neue Schienen besorgen. Die Schubladen kann ich Ihnen danach erst einbauen." „Wo bekomme ich Schubladenschienen?" „In Koblenz gibt es eine Spezialfirma für Beschläge und so etwas. Haben Sie einen Zettel? Ich schreibe Ihnen die Adresse auf." Nach dieser Hiobsbotschaft werden der Mitarbeiter und der Helfer mit dem Rücktransport der Möbel und deren Aufbau beauftragt. Der Chef kümmert sich um das Anbringen der Hängeschränke. Er ist sehr angetan von meinen Vorarbeiten. „Haben Sie mit einer Wasserwaage gearbeitet?" „Ja, es soll doch gerade sein." Er bohrt vier der von mir angezeichneten Löcher. Ich halte dabei das Rohr unseres Staubsaugers jeweils unter die Bohrstellen, um den Bohrstaub aufzufangen. Ruck zuck sind die vier Löcher fertig. Der Schreiner hält den Korpus eines

Schrankes an die Wand und stutzt: „Oh, da stimmt aber was nicht mit den Bohrlöchern!" „Wieso?" „Na, sehen Sie hier, das passt nicht." Er stellt den Korpus ab, holt einen Zollstock, misst und fragt: „Welche Maße haben Sie denn von der Kante des Schrankes aus für die Bohrlöcher berechnet?" „Vier Zentimeter waagerecht und dann sechs Zentimeter senkrecht." „Tja, es ist jedoch genau umgekehrt, sechs waagerecht, vier senkrecht. Sie haben sicherlich exakt gemessen, dann aber leider die Seiten vertauscht." Ich möchte am liebsten „im Erdboden versinken". Boah, ist mir das peinlich! „Und jetzt?" „Neu ausmessen und bohren." Da ist es gut, dass wir noch eine Tube mit Feinspachtel im Haus haben, um die vier falschen Bohrlöcher zu füllen. Ich ärgere mich immer noch über meinen Fehler. „Na, nun werden Sie mal wieder locker, so etwas kann doch mal passieren", sagt der Juniorchef. „Wenn solch ein kleiner Patzer Sie so aufregt, müssen Sie sehr ehrgeizig sein." Ich denke: „Da hat er irgendwie Recht", sage aber nichts. Wortlos halte ich erneut das Staubsaugerrohr, während die neuen Löcher gebohrt werden. Der Schreiner hält zur Kontrolle nochmal den Korpus an die Wand: „Ja, jetzt passt es!" Er hängt zwei Schränke auf und bringt dann die Glastüren an. „Mhm, sieht gut aus! Auf die Idee, Küchenschränke als Bücherschränke zu verwenden, muss man mal erst kommen." „Ach, das wird sogar noch getoppt", sage ich. Auf der anderen Seite kommt neben Schreibtisch und Hängeschränke ein Apothekerschrank, ebenfalls aus einem Küchenprogramm." „Was wollen Sie denn damit im Arbeitszimmer?" „Ihn für Aktenordner und andere sperrige Sachen, zum Beispiel übergroße Bücher, nutzen, vielleicht auch die Nähmaschine reinstellen, die bisher auf dem Fußboden gestanden hat." „Interessant, für mich eine völlig neue Überlegung, ja, kann ich mir durchaus als sinnvoll vorstellen. Muss ich den Schrank aufbauen?" „Nein, der wird erst in ein paar Tagen geliefert."

19
Apothekerschrank im Arbeitszimmer

Der Kauf des Apothekerschrankes muss hier eben kurz geschildert werden. Es ist dabei an die bekannte Frage zu erinnern, was es zuerst gegeben hat, das Huhn oder das Ei. Meine Frau und ich sind uns nämlich entsprechend uneinig, wer von uns die Idee mit dem Apothekerschrank zuerst gehabt hat. Angelika hat mal als „Wunschtraum" irgendwann von einer neuen Küche gesprochen und in dem Zusammenhang einen Apothekerschrank erwähnt. Ihn stattdessen - eine neue Küche ist in absehbarer Zeit für mich doch gar kein Thema - im Arbeitszimmer zu nutzen, ist ganz klar von mir überlegt worden, meine ich zumindest. Eigentlich ist es, wie beim Huhn und Ei, aber auch völlig egal, wie die Reihenfolge gewesen ist; das gute Ergebnis ist entscheidend. Und mit Erfolgen brüsten sich bekanntlich oft mehrere; bei uns sind es zwei. Der Erfolg ist allerdings längere Zeit ungewiss gewesen. Wir haben viele Geschäfte aufgesucht, um einen „passenden" Apothekerschrank zu finden. Dabei haben uns nicht die Maße, sondern die Preise Probleme bereitet. Im Internet werden solche Schränke für etwa 300 Euro angeboten. In einem Möbel-Geschäft haben wir uns dann so einen angesehen und Abstand davon genommen; etwas stabiler und komfortabler soll er schon sein. In Geschäften für Kücheneinrichtungen haben wir etliche Male zu hören bekommen: „Wenn Sie eine ganze Küche kaufen, können wir Ihnen interessante Sonderpreise bieten; aber für solch ein Einzelstück ist das leider nicht machbar." Und als Einzelstück ist ein solider Apothekerschrank recht teuer; so etwa ab 1500 Euro sind uns Preise genannt worden. Das ist uns, im Vergleich zum alternativ möglichen Bücherregal, zu teuer gewesen. Neue Hoffnung ist aufgekommen, als ein Möbelgeschäft aus Anlass seines Firmenjubiläums Reklame mit „25 % und mehr auf alles" gemacht hat. In der Küchenabteilung wird uns gesagt: „Ja, wenn Sie eine ganze Küche …" Für das von uns gewünschte Einzelstück kann der Verkäufer uns nur die 25 % anbieten. Er rechnet: „1798 – 25 % sind 1348,50 Euro. Na, das ist doch auch schon ein schöner Preis. Um Ihnen noch weiter entgegen zu kommen, mache ich, wenn Sie jetzt sofort unterschreiben, den Preis inklusive Anlieferung und Aufbau. Na, was sagen Sie?" „Danke, das überlegen wir uns noch." Fast haben wir uns von der Idee mit dem Apothekerschrank im Arbeitszimmer schon verabschiedet, da frage ich in einem Möbelhaus noch ein letztes Mal nach Angeboten. Dabei habe ich das Glück, dass in der Küchenabteilung zu der Zeit nichts los ist, der Verkäufer für mich viel Zeit hat. Ich informiere ihn über „den Stand der Dinge": „Die Schränke für etwa 300 Euro sind uns nicht stabil genug, aber 1500 Euro oder mehr möchten wir andererseits auch nicht dafür ausgeben. Es sollen weniger als 1000 Euro sein." Er findet die Idee, solch einen Schrank für Bücher im Arbeitszimmer zu nutzen, interessant und innovativ. Sein Ehrgeiz, eine passende Lösung zu finden, ist geweckt. Er blättert fleißig in mehreren Katalogen. Mir dauert das beinahe zu lange, aber dann sagt er: „Oh ja, da habe ich vielleicht etwas für Sie. Kommen Sie mit, einen vergleichbaren Schrank haben wir in der Ausstellung, den zeige ich Ihnen mal." Nun, das Musterexemplar hat tatsächlich vieles von dem, was wir haben möchten. Es macht einen sehr soliden Eindruck, hat keine Körbe, sondern feste Schubfächer, die, darauf legen wir Wert, auch verstellbar sind. Es gibt ihn wunschgemäß in schlichtem Weiß und 2,10 Meter hoch. Allerdings abweichend von unseren Vorstellungen ist er 40 statt 30 Zentimeter breit und die Tür ist zwar optisch, aber nicht wirklich unterteilt, kann also nur im Ganzen geöffnet werden. Der Verkäufer argumentiert: „40 Zentimeter sind für Ihr Vorhaben bestimmt besser als 30 Zentimeter. Da bekommen Sie dann auch größere Bücher rein. Die Tür hat einen Einzugsmechanismus; wenn Sie ihr einen Schups geben, schließt sie sich automatisch. Der Schrank ist kein Billigprodukt, sondern gehört zum Programm einer renommierten Küchenfirma." „Ich müsste aber mal erst messen, ob 40 Zentimeter überhaupt passen. Vorab ist jedoch viel interessanter, ob der Preis passt." Wir gehen zurück zum Arbeitsplatz des Verkäufers. Dort rechnet er einige Zeit, nickt zufrieden und sagt: „Warten Sie bitte noch einen Moment, ich muss mir mein Sonderangebot für Sie von unserer Abteilungsleiterin absegnen lassen." Als der Verkäufer zurückkommt, strahlt er mich an: „Sie haben Glück, meine Chefin hat heute offensichtlich ihren großzügigen Tag, sie hat meinen Vorschlag sogar noch verbessert. Wir bieten Ihnen den Schrank für 800 Euro

Festpreis, inklusive Lieferung und Aufbau an." Gespannt wartet er auf meine Reaktion. „Ja, das hört sich wirklich reizvoll an! Es lohnt es sich jedenfalls, darüber mal intensiv nachzudenken und zu messen, ob 40 Zentimeter passen. Außerdem möchte ich meiner Frau natürlich das Musterexemplar hier zeigen. Geben Sie mir das Angebot bitte schriftlich und drei Tage Bedenkzeit." So geschieht es. Angelika staunt zum einen darüber, dass ich doch nochmal „in Sachen Apothekerschrank aktiv" gewesen bin, zum anderen über das Preisangebot, zumal es sich ja um einen 40-Zentimeter-Schrank handelt. Da wir uns für den geplanten 30-Zentimeter-Schrank ein Preislimit von 1000 Euro gesetzt haben, ist das Angebot für uns „echt attraktiv". Unsere Freude wird jedoch leider sehr schnell getrübt. Das Ausmessen ergibt zwar, dass der Schrank „so gerade eben noch" passen könnte, vielleicht müssten wir dafür an der Stelle die Fußleisten weglassen, aber wir sind uns einig: „Das sieht so nicht aus!" „Schade", meint Angelika. Ich sage: „Ich mache mir nochmal Gedanken über das Möbelaufstellen, vielleicht fällt mir ja noch eine bessere Lösung ein." Die nächsten zwei Stunden bin ich wieder (s.o. S. 66) mit Messen, Skizzieren, Radieren, Neuzeichnen intensiv beschäftigt. Schließlich glaube ich, tatsächlich eine gute Alternativlösung gefunden zu haben und zeige Angelika meine Planskizze: „Ich wechsel mit meinem Schreibtisch auf die linke, Du mit Deinem auf die rechte Seite. Mein Schreibtisch ist 1,60, Deiner nur 1,45 Meter breit. Der Apothekerschrank kommt neben Deinen Schreibtisch; er ist ja auch hauptsächlich für Dich und Deine Bücher vorgesehen. Das vorhandene Regal kommt mit auf die linke Seite. So sieht es dann auf Deiner Seite nicht zu gedrängt aus; es bleibt da sogar noch Platz, um wieder Bilder aufzuhängen." Angelika nimmt die Skizze, geht ins Arbeitszimmer und stellt sich die Raumaufteilung „geistig" vor. Nach ein paar Minuten entscheidet sie: „So machen wir das!" Ich weise einschränkend darauf hin: „Moment, Du musst Dir zunächst den Schrank erst noch ansehen." Das wird verständlicherweise dann gleich am nächsten Tag gemacht – und der Vertrag unterschrieben. Als „voraussichtlicher Liefertermin" wird die „50. KW" genannt, also „noch vor Weihnachten". Unser Ziel, bis dahin alles fertig zu haben, ist somit gewahrt.

An dem Tag, an dem der Apothekerschrank geliefert wird, parke meinen PKW an der Straße, damit der Lieferwagen auf der Auffahrt zum Haus Platz hat. Zufällig sehe ich ihn vom Küchenfenster aus kommen, es ist ein 10-Tonnen-LKW. Der Fahrer hält mitten auf der Straße. Obwohl wir an einer sehr wenig befahrenen Nebenstraße wohnen, halte ich die „LKW-Sperre" nicht für gut. Ich gehe nach draußen und weise den Fahrer auf die freie Zufahrt zum Haus hin. „Nee, da fahre ich nicht drauf, die will ich Ihnen doch nicht kaputt machen. Wir laden Ihren Schrank aus, dann setze ich den Wagen so, dass andere vorbei kommen." Fahrer und Beifahrer transportieren den Schrank zügig zur Haustür. Dann setzt der Fahrer den LKW „halb auf den Bürgersteig". Ob der wohl mehr als meine Zufahrt verträgt? Der Beifahrer ist, so ergibt es sich, der Schreiner. Er fragt: „Wo kommt der Schrank denn hin?" Als ich ihm die freie Stelle im Arbeitszimmer zeige, stellt er erstaunt fest: „Das ist ja gar keine Küche! Was wollen Sie denn hier mit solch einem Schrank?" „Da sollen große Bücher, Aktenordner, vielleicht auch eine Nähmaschine rein." „Na, das ist ja mal ganz was Neues! Tja, warum nicht? Passt der Schrank denn auch in die Lücke?" „Keine Sorge, die ist genau ausgemessen, extra noch mit etwa drei Zentimeter Spielraum." In dem Moment hören wir von der Straße ein lautes Hupen. Ein Kleintransporter passt wohl nicht am LKW vorbei. Der Fahrer geht raus, sieht sich die Sache an und winkt den Transporter „langsam, aber sicher" vorbei. Als er zurückkommt, äußert er: „Mein Gott, meine Oma hätte da nicht gehupt." Der Schreiner beweist, dass er solch einen Apothekerschrank nicht das erste Mal aufstellt. Er zeigt uns auch noch, wie man die Schubfächer verstellen kann und wie die Tür betätigt werden soll, um den „Einzugsmechanismus" sinnvoll zu nutzen. „Schön, der sieht da ja richtig gut aus und passt genau!" ist Angelika sehr zufrieden. Nach etwa einer halben Stunde verabschieden sich die beiden Männer: „Jetzt müssen wir eine ganze Küche aufbauen." „Aha, deshalb der große LKW."

20
Ein neuer Schubladenschrank

Die „Apothekenschrank-Lösung" hat noch einen nicht geplanten Nebeneffekt. Als wir in dem Möbelgeschäft auf dem Weg zum Ausgang gewesen sind, ist Angelika plötzlich stehen geblieben: „Sieh mal, was ist das denn für ein tolles Schubladenschränkchen!" Sie hat ein, wie sich dann laut angebrachtem Zettel ergibt, 51 x 38 x 70 cm großes bzw. kleines Schubladenelement entdeckt. Das ist ziemlich schwer zu beschreiben, man muss es einfach mal gesehen haben; deshalb wird es hinten auf dem Einband abgebildet. - Nun, daraus können Sie folgern, dass wir es gekauft haben. Und Ihre Folgerung ist ganz richtig: Da stehen zwei Exemplare. Nun, meine Frau hat solch ein strahlendes Leuchten in ihren Augen gehabt…

Jedenfalls sind die Schränke offensichtlich genau so, wie frau sie sich wünscht. Die Besucherinnen, denen sie inzwischen präsentiert worden sind, haben mit ähnlich verklärtem Blick von sich gegeben: „Traumhaft, süß, toll, schnuckelig, Wahnsinn!" Übrigens, ich nutze von den 32 Schubladen die große oben links. Ach ja, ergänzen muss ich noch, dass zu den Schränken im Urzustand 10 cm lange Beine gehört haben. Mit den 70 Zentimetern haben die Schränke aber nicht unter die Fensterbank gepasst; jetzt sind sie 60 cm hoch. Durch das Foto wird doch wohl glaubhaft dokumentiert, dass ich „sauber gesägt" habe.

Verbunden mit dem Kauf dieser beiden Schränke ist eine andere „Nebengeschichte", die ich Ihnen kurz schildern möchte. Der Kauf eines Schubladenelements, das „unter die Fensterbank passt", ist nämlich durchaus geplant gewesen. Wir haben auch zuvor bereits ein anderes ausgesucht gehabt, das jedoch nicht bekommen. Das wiederum hat in einem Zusammenhang mit meinem Schreibtischstuhl gestanden. Einer ist im Vorjahr kaputt gegangen. Na ja, der ist auch recht alt gewesen. Bei der Nachfolgersuche habe ich mich in einem Möbelhaus für einen Stuhl entschieden, der beim Probesitzen meine Vorgaben der „Bequemlichkeit mit Wipp-Dreh-Funktion und einer kopfhohen Rückenlehne" erfüllt hat. Meine Irritation, dass der Sitz etwas schräg gestanden hat, ist vom Verkäufer mit der Argumentation behoben worden, dass „beim Zusammenbauen wohl unsauber gearbeitet worden ist." Dementsprechend habe ich dann beim Zusammenbauen sehr darauf geachtet, alles richtig zu machen. Als ich, stolz auf meine Arbeit, Angelika den Schreibtischstuhl zeige, stutzt sie und sagt: „Der Sitz ist ja schief!" Das ist mir in meiner Euphorie über meine handwerkliche Leistung dieses Mal nicht aufgefallen. Meine Begutachtung des Stuhls ergibt, dass meine Frau Recht hat. Ich packe den Stuhl in den Kofferraum und fahre zum Möbelgeschäft. Um Vermutungen von Ihnen vorzubeugen: Es hat sich nicht um IKEA gehandelt. An der „Information" bin ich ans „Lager" verwiesen worden. Der Mitarbeiter dort, bei dem ich den Stuhl reklamiere, versteht mich nicht: „Der ist doch völlig in Ordnung, wo liegt das Problem?" „Der Sitz ist schief." Der Mitarbeiter setzt sich auf den Stuhl, dreht sich hin und her und meint: „Alles in Ordnung, ich kann keinen Fehler feststellen." Ich beharre jedoch darauf, dass der Sitz schief ist. Der Mitarbeiter betätigt eine Rufanlage: „Kaaarl, kannst Du bitte mal nach vorne kommen!?" Ein paar Minuten später kommt Karl und wird vom Kollegen gefragt: „Fällt Dir an dem Stuhl irgendetwas auf?" „Ja klar, der Sitz ist total schief!" So spontan ist das sehr überzeugend gewesen. Ich muss irgendein Formblatt unterschreiben und erhalte einen neuen Stuhl, natürlich wieder schön verpackt in Einzelteilen. Das Zusammenbauen fällt mir recht leicht, ich habe ja schon Erfahrung damit. Vermutlich ahnen Sie es schon: Der Sitz ist schief! Als ich erneut zum Lager des Möbelgeschäftes komme, diskutiert der Mitarbeiter nicht mehr mit mir, sondern hat Verständnis für meine Verärgerung. Er versteht auch, dass ich den Artikel nicht noch einmal haben möchte. Er füllt ein Formblatt aus und schickt mich damit zur Fachabteilung. Dort erzähle ich dem Verkäufer meinen Leidensweg. „Oh, da müssen wir uns ja wohl mit dem Hersteller in Verbindung setzen." Da mir kein anderer Schreibtischstuhl in der Ausstellung gefällt, erhalte ich von dem Verkäufer einen Gutschein ausgestellt. Einen Schreibtischstuhl kaufe ich danach in einem anderen Geschäft.

Als wir für das Arbeitszimmers ein Schubladenelement in Betracht ziehen, kommt Angelika auf die Idee: „Wir haben noch den Gutschein von dem Schreibtischstuhl, vielleicht finden wir in dem Geschäft etwas Passendes." Und tatsächlich sehen wir dort einen weißen Schrank, der uns gefällt. Wir nehmen ihn allerdings nicht sofort mit, weil wir zu der Zeit dafür keine Stellfläche haben – und mein Plan zum Unterbringen der Möbel in der Garage ist bekanntlich voll ausgereizt. Die Verkäuferin gibt uns ihre Visitenkarte mit: „Rufen Sie mich an, wenn Sie den Schrank haben möchten. Es kann natürlich sein, dass er zwischenzeitlich verkauft wird und wir für Sie einen bestellen müssen, so dass sich eventuell Lieferzeiten ergeben." Das ist für uns kein Problem. Nachdem wir mit den Renovierungsarbeiten Terminklarheit haben, rufe ich die Dame wie vereinbart an. Und was bekomme ich zu hören? „Es tut mir sehr leid, der Schrank ist verkauft und wir bekommen keinen neuen, der Lieferant stellt keine mehr her." Ist Ihnen so etwas schon mal passiert? Meine Frau und ich fahren nochmal zu dem Möbelgeschäft, finden jedoch keinen Schubladenschrank, der uns gefällt oder der von den Maßen her passt. Ich gehe zur Kasse und möchte nun den Gutschein einlösen. „Das ist leider nicht möglich. Ich kann Ihnen den Geldbetrag nicht auszahlen. Gutscheine werden bei uns nur beim Warenkauf verrechnet." Es ist in dem Moment für die Kassiererin und mich sicherlich gut, dass ich mich wortlos umdrehe und gehe. Klar, die Kassiererin hat ihre Dienstanweisung und kann mir nichts anderes sagen, aber ich habe einen „sehr dicken Hals". Nachdem ich „eine Nacht darüber geschlafen" habe, schreibe ich in höflicher Form an die Geschäftsführung des Hauses und schildere sachlich die „Stuhl- und Schrankgeschichte", ähnlich wie hier. Vier Tage später ruft der Verkaufsleiter an: „Entschuldigen Sie bitte, dass ich mich jetzt erst bei Ihnen melde. Ihr Brief ist hier durchs Haus gegangen und es hat mehrere Rücksprachen gegeben. Sie erhalten selbstverständlich den Wert des Gutscheines an unserer Kasse ausgezahlt. Oder sollen wir Ihnen den Betrag überweisen?" Ich entscheide mich für Barauszahlung. Das ist beinahe ein Fehler gewesen. Als wir „bei Gelegenheit" zu dem Möbelgeschäft fahren und ich mich bei der Kassiererin melde, findet die zwar in einer Kladde den Vermerk, dass mein Gutschein auszuzahlen ist, aber sie weiß nicht, wie die Buchung in der Kasse zu erfolgen hat. Einer zur Hilfe gerufenen Kollegin geht es genauso: „Das haben wir ja noch nie gemacht." Mehrere Eingabeversuche scheitern. Zu Dritt werden wir ein wenig ungeduldig. Irgendwann werde ich gefragt: „Haben Sie zufällig auch die Ursprungsrechnung dabei?" Die habe ich nicht zufällig, sondern ganz bewusst mitgenommen. Die Damen geben die Rechnungsnummer und „Storno" ein. „Das funktioniert!" So geht „ein Drama mit einjähriger Spielzeit" zu Ende. Na, bei der Niedrigzinslage im Jahr 2013 habe ich allerdings keinen nennenswerten Verlust erlitten. Jetzt, so im Nachhinein betrachtet, hat sich ja alles noch zum Guten entwickelt: Ich habe einen neuen Schreibtischstuhl mit gerader Sitzfläche und Angelika hat zwei „zauberhafte" Schubladenelemente, die viel schöner sind als der Schrank, den es nicht mehr gibt.

21
Einräumen

So, nun aber zurück zum Einräumen der Möbel. Nachdem der Schreiner die Hängeschränke angebracht hat, werden Schreibschrank und Schreibtische aus der Garage geholt. Wieder erleichtern dabei Schultergurte den Transport der schweren Möbel. Als die Schreibtische unter den Hängeschränken stehen, ergibt sich das erhoffte „harmonische Gesamtbild". Der Schreiner lobt: „Da haben Sie doch richtig gemessen; das passt alles gut zusammen." Kurze Zeit später melden die zwei Herren, die im Wohnzimmer die Möbel aufstellen: „Fertig!" Meine Freude, dass dort alles wieder so steht wie vorher, lässt bei einem „flüchtigen Rundblick" keinen Zweifel an der Leistung aufkommen. Es ist Mittagszeit; die Möbelpacker verabschieden sich, Angelika und ich fahren „zum Chinesen", um jetzt nach einer Woche „Schmalkost" mal wieder gut zu speisen. Mhm, das Büffet bietet leckere Sachen. Wir genießen es und freuen uns, dass wir „das Schlimmste der Renovierungsarbeiten überstanden" haben. Nach dem Essen fahren wir nach Koblenz zu der „Spezialfirma", um so schnell wie möglich die Schubladenschienen zu besorgen. Das droht zunächst jedoch daran zu scheitern, dass die notierte Adresse nicht stimmt. „Der wird sich mit der Straße vertan haben. Vermutlich ist das Geschäft aber hier irgendwo in der Nähe", bleibe ich optimistisch. Tatsächlich taucht dann an der nächsten Kreuzung ein

Hinweisschild mit dem Firmennamen auf, na bitte. Es ist offensichtlich eine „gute Adresse"; denn „der Laden ist voll", ich muss einige Zeit warten, bis ich dran bin. Nach einem fachmännischen Blick auf meine Musterschiene stellt der Verkäufer fest: „Die ist aber nicht von uns." Der von mir nun erwartete Satz: „Da kann ich Ihnen nicht helfen", kommt Gott sei Dank nicht. Stattdessen misst der Fachmann die Schiene genau, holt drei Kataloge und fängt an, darin eifrig zu blättern. Ich finde es toll, dass er sich viel Zeit für mein Problem nimmt, obwohl hinter mir schon wieder zahlreiche Kunden auf Bedienung warten. Na, kurze Zeit später kommt ein zweiter Fachverkäufer und die Kundenlage entspannt sich. „Mein" Verkäufer wälzt unbeeindruckt weiter die Kataloge. „Ja, hier, die könnte passen!" Er überprüft nochmal die Maße; sie stimmen überein. „Die haben wir aber nicht auf Lager, die müsste ich Ihnen bestellen." „Ja, bitte!" „Wie viele brauchen Sie denn?" „Sechs." „Sechs Paare oder sechs Schienen insgesamt?" „Sechs insgesamt." „Aha, also muss ich drei Paare bestellen. Sie haben kein Konto bei uns?" „Nein." „Dann müssen Sie bitte eine Anzahlung leisten. Sind Sie mit dreißig Euro einverstanden?" „Ja klar!" Angelika hat inzwischen den Ausstellungsraum inspiziert. Im Auto sagt sie: „Die haben tolle Sachen, ich glaube, da muss ich nochmal hin und in Ruhe schauen."

Zurück zu Hause wollen wir „in aller Ruhe" mit dem Einräumen der Schränke beginnen. Und da stellen wir fest, dass der Mitarbeiter, der die Schränke aufgebaut hat, nicht so gut wie sein Chef ist. Zwei Schrankelemente weisen bei den Schubladenfächern Fehler auf. Sie sind leider erst jetzt bei genauem Hinsehen erkennbar und haben nichts damit zu tun, dass die Schienen für die Schubladen fehlen. Der zufriedene Rundblick am Mittag ist also trügerisch gewesen. So können wir den Aufbau der Möbel nicht akzeptieren. Da wir nicht wissen, ob die beiden Schränke nochmal abgebaut werden müssen oder die Fehler „einfach" behoben werden können, räumen wir verständlicherweise nichts ein. Mehrere Versuche, den Juniorchef telefonisch zu erreichen, scheitern; er hat sich wohl auf ein freies Wochenende eingestellt. Na, in solch einem Fall gibt es ja noch die Mailadresse zur Kontaktaufnahme. Ich melde meinen Korrekturanspruch so schriftlich an. Irgendwann erhalte ich einen Anruf vom Seniorchef, dem Firmeninhaber. Er sagt mir zu, dass sein Sohn am Montag zu uns kommt. Um kurz nach 09:00 Uhr stehen alle drei Akteure „auf der Matte". Über die festgestellten Mängel gibt es keine Diskussion; sie sind zu eindeutig. Leider enttäuscht uns dann zunächst der Juniorchef, indem er versucht, die „Schuld" auf die neuen Fußleisten zu schieben: „Wenn die nur minimal größer oder dicker als vorher sind, kann sich eine Schieflage bei den Schränken ergeben." Ich erwidere: „Nein, das kann nicht ursächlich sein. Erstens haben die Fußleisten dieselben Maße wie vorher; die sind normiert. Zweitens stimmt ja bei einem Schrank alles ganz genau; dahinter befinden sich die gleichen Leisten wie bei den zwei anderen Schränken." „Wir haben Ihre Möbel ordentlich ab- und aufgebaut. Ein weiterer Zeitaufwand für Ihre Korrekturwünsche entspricht nicht mehr unserem Auftrag; schließlich sind wir ja nur für die von Ihnen beauftragte Firma eingesprungen." „Die Möbel sind ordentlich ab-, jedoch fehlerhaft aufgebaut worden. Ich mache Sie dafür verantwortlich. Den derzeitigen Zustand akzeptiere ich nicht. Für die Fehler, die Ihre Mitarbeiter gemacht haben, haften Sie." Der Juniorchef berät sich kurz mit seinem Mitarbeiter, dem die Sache anscheinend peinlich ist. „Okay, die Schränke sind so, wie wir Sie Ihnen aufgebaut haben, voll nutzbar, aber wir versuchen, ob wir noch was verbessern können, um Sie zufrieden zu stellen." Na bitte, nachdem der gegenseitige Ton bisher unfreundlich gewesen ist, im Gegensatz zur Stimmung an den zwei Tagen der guten Zusammenarbeit, wird nun auch stimmlich Entgegenkommen signalisiert. Angelika und ich ziehen uns ins Arbeitszimmer zurück, um nicht als „Aufpasser" zu wirken. Und siehe da, nach etwa einer Stunde wird uns gemeldet: „Wir sind fertig. Es ist nun alles so, wie Sie es wünschen." Verständlicherweise prüfe ich das dieses Mal genau. Ich bestätige, dass die Fehler behoben sind und frage: „Wenn die Schienen für die Schubladen geliefert werden, darf ich mich dann wegen des Einbaus nochmal an Sie wenden?" „Sicher, wir kennen Ihre Schränke und Schubladenfächer jetzt ja genau. Da ist es schon sinnvoll, wenn wir Ihnen die Schubladen auch wieder einbauen." „Das ist wegen der defekten Schienen dann eine Extraleistung, die nicht zum bisherigen Auftrag gehört; die werde ich Ihnen deshalb selbstverständlich zusätzlich bezahlen." „Ach, da werden wir uns schon irgendwie einigen."

Wir haben zwar das Wochenende zum Einräumen der Schränke „verloren", aber bis zum gesteckten Ziel, Weihnachten fertig zu sein, hinreichend Zeit. Jedoch, sind Sie schon ein- oder mehrmals umgezogen? Dann kennen Sie das bestimmt: Was gerade gewünscht oder benötigt wird, ist garantiert nicht in dem Umzugskarton, den Sie vor sich haben. Bei uns hat sich, ich habe es anfangs angedeutet, ein kleines Chaos bei den Büchern ergeben, weil wir ja den Platz in den Kartons restlos genutzt haben. Etliche stehen „in Reih' und Glied", können zusammen in die Regale gestellt werden; aber andere sind „wirr durcheinander", so dass hin- und her überlegt werden muss, wohin sie gehören. Es kommt hinzu, dass etliche nun vom Wohnzimmer in die neuen Bücherschränke des Arbeitszimmers „wandern". Es ergibt sich so nach und nach eine neue „Bücherordnung". Die sieht schließlich auch gut aus, aber wenn dann mal in einem Buch etwas nachgeschlagen werden soll, dauert die Standortsuche zunächst einige Zeit. Es bestätigt sich wieder einmal der bekannte Spruch: „Der Mensch ist ein Gewohnheitstier." Da ist es vorteilhaft, dass beim Einräumen des Porzellans, der Gläser und Schalen nur geringfügige Standortänderungen vorgenommen werden. Wiederum anders ist das mit den Sachen, die bisher in den Schrankschubladen untergebracht gewesen sind. Klar, zum einen können sie aktuell gar nicht eingeräumt werden, weil ja die Schienen noch fehlen. Zum anderen aber wollen wir die Schubladen natürlich nicht mehr so „vollstopfen", damit die neuen Schienen weniger belastet werden. Es ist also eine andere Aufteilung vorzunehmen. Da halte ich mich zurück; das ist bei uns „Frauensache".

22
Auch das noch

Für Angelika gibt es zunächst jedoch eine ganz andere „Sache". Ich rufe am Dienstag so gegen 18:00 Uhr mal wieder im radiologischen Institut in Koblenz an. Das hat von 06:00 bis 22:00 Uhr geöffnet. „Meine Frau hat einen Termin am 06.01. um 10:15 Uhr. Ich möchte gerne wissen, ob zufällig ein früherer Termin frei geworden ist?" „Moment bitte … Kann Ihre Frau morgen früh um 06:15 Uhr hier sein?" „Ja!" „Gut, dann ändere ich das eben, also, morgen 06:15 Uhr." Na, das ist doch eine gute Nachricht, mit der ich meine Frau erfreuen kann. So früh am Mittwochmorgen gibt es bei dem Institut weder ein Parkplatz- noch ein Überfüllungsproblem. Kurz nach 06:30 Uhr wird Angelika zur Untersuchung aufgerufen. Die dauert, inklusive des immer noch schmerzhaften Aus- und Anziehens, etwa fünfzehn Minuten. Dann beginnt die „bange Wartezeit" auf den Befund. Bei der Besprechung ergibt sich, dass die frühe Zeit doch einen Nachteil hat: der Chefarzt ist nicht anwesend, ein sehr junger, offensichtlich noch recht unerfahrener Arzt hat Frühdienst. Beim Betrachten der Aufnahmen meint er zunächst: „Das sieht alles gut aus." Wir atmen schon erleichtert auf. Doch dann stutzt der Arzt, sieht sich eine Aufnahme nochmal an und stellt fest: „Oh, da ist ja doch eine Bruchstelle! Sehen Sie hier, die Zackenlinie, das ist sehr wahrscheinlich ein Bruch im Schultergelenk." „Und was bedeutet das dann? Was ist da zu machen?" „Im

Normalfall gar nichts, den Arm zwar vorsichtig hin und her bewegen, Bewegung muss sein, aber den Arm insgesamt doch ziemlich schonen. Der Heilungsprozess dauert; der Bruch heilt jedoch von selber. Wenn das nicht gelingt, muss der Bruch operativ genagelt werden." „Und was ist mit Bändern und Sehnen?" „Da sehe ich keine Beschädigung, die sind wohl in Ordnung. Ich bespreche die Aufnahmen aber nachher noch mit meinem Chef." „Wann bekommt der Orthopäde den Befund?" „Wenn ich mit dem Chef gesprochen habe, mache ich den Bescheid fertig. In drei bis vier Tagen wird er bei Ihrem Arzt sein." „Schulter doch gebrochen, das ist leider gar keine gute Nachricht, die Sie für uns haben." „Ach, so schlimm ist das doch nicht; die meisten Fälle, die hier untersucht werden, sind bösartiger." „Ja, da haben Sie sicherlich Recht." Trotz dieses Trostes sind wir nun doch reichlich geschockt. Zwei Röntgenaufnahmen haben keinen Bruch gezeigt – und Angelika hat dann, mit Schmerzen, Bücher geschleppt, Geschirr ausgeräumt, Tapeten abgekratzt und an den schwierigen Raumstellen angebracht, Fenster geputzt und andere Hausarbeiten erledigt, jedenfalls in keiner Weise den Arm geschont. Als wir zu Hause sind, ruft sie sofort in der Praxis des Orthopäden an, um dort einen Besprechungstermin zu vereinbaren: „Nächste Woche Donnerstag, 10:00 Uhr."

Als ich sie an dem Donnerstag bei der Praxis abhole, entnehme ich schon ihrem Gesichtsausdruck, dass sie keine guten Nachrichten bekommen hat: „Es ist nicht nur das Schultergelenk gebrochen, auch die Bizepssehne ist eingerissen." „Und das bedeutet?" „Das bedeutet, dass der Heilungsprozess noch länger dauert, die Bizepssehne aber vielleicht auch ganz reißt." „Und dann?" „Dann muss ich mich entscheiden, ob ich damit zurechtkomme oder mich operieren lasse. Er hat gesagt, er könnte mir den Bizeps notfalls antackern." Als wir zu Hause sind, muss ich meine Frau mal erst tröstend umarmen, denn sie ist, verständlicherweise, den Tränen nah. Ich sage: „Denk an die Worte des Arztes in Koblenz: „Andere Fälle sind viel bösartiger." „Ja, klar, aber warum ist das bei mir denn nicht früher entdeckt worden? Ich hätte den Arm bisher doch viel mehr schonen müssen!"

23
Nachbesserung

Vor Weihnachten haben wir, nach meiner Einschätzung, die Renovierungsarbeiten zu 99,5 % abgeschlossen – es fehlen die Abschlusskanten an der Treppe. Mehrere Versuche, im Dezember noch eine Lösung zu finden, scheitern. Im Januar kommt ein „Raumausstatter". Er hat uns bei unserem Einzug gut mit Gardinen versorgt. Zufällig haben wir jetzt Reklame von ihm gesehen und uns an ihn erinnert. Er begutachtet die Treppe und sagt: „Ich bin im Prüfungsausschuss für Teppichverleger. Derjenige, der Ihre Treppe gemacht hat, hätte wohl kaum die Gesellenprüfung bestanden. Wenn Sie jetzt einen Gutachter bestellen, können Sie den Verleger oder dessen Firma sicherlich in Regress nehmen." Er fotografiert die Problemstellen und verspricht uns, sich Gedanken zu machen, ob er irgendwie helfen kann. Als er weg ist, sagt meine Frau: „Was hältst Du davon, die Treppe neu verlegen zu lassen?" „Das habe ich auch schon überlegt, aber ich habe keine Lust, einen Rechtsstreit zu führen. Dann müssen wir nochmal Geld ausgeben." „Das ist mir lieber, als dass ich mich ständig über die Mängel ärgere." Eigentlich ist es ganz ungewöhnlich, dass ich keinen Rechtsstreit führen möchte, obwohl die Erfolgsaussichten wohl gut sind. Die Lieferfirma hat jedoch zunächst das „Recht zum Nachbessern" – und den Teppichverleger möchte ich nicht nochmal mit der Treppe beauftragen. Stattdessen setzen wir uns mit einer anderen Firma in

Verbindung, die uns einen ihrer Verleger schickt. Auch der macht Fotos und sagt: „Ich melde mich." Außerdem bringt er schon einen Lösungsvorschlag ins Gespräch: „In Hotels werden Treppenstufen manchmal mit Kordeln eingefasst. Das hat den Vorteil, dass man Rundungen besser bearbeiten kann." Die Idee finden wir recht interessant. Einige Tage später teilt uns sein Chef per Mail mit: „Aus fachmännischer Sicht hätte man die Treppe von Grund auf anders verlegen müssen, indem man vor der Verlegung seitlich Schienen eingespachtelt hätte. Ich empfehle Ihnen, sich mit der Verlegerfirma in Verbindung zu setzen." Genau das möchte ich ja jedoch nicht. Ich maile zurück: „Ihr Mitarbeiter hat die Idee mit der Kordeleinfassung gehabt. Bitte bestellen Sie Muster." Klar, das dauert dann auch wieder einige Zeit. Dem Raumausstatter, der uns in Aussicht gestellt hat, sich „Gedanken zu machen", ist in der Zwischenzeit wohl keine Lösung eingefallen, denn er meldet sich nicht. Als stattdessen die Kordelmuster kommen, gefällt uns eines gut. Der Verleger freut sich, dass sein Vorschlag von uns favorisiert wird, misst die benötigten Mengen aus und bespricht mit uns das weitere Vorgehen. „Das Bestellen der Kordel ist kein Problem, die liefern schnell. Problem ist mein Terminkalender. Ich bin die nächsten Wochen ausgebucht." Unser Wunsch, doch bitte im März die Treppe fertig zu haben, wird aber berücksichtigt; es wird Freitag, der 28.03., vereinbart. Da wir dann nichts mehr von ihm hören, rufe ich am Tag zuvor vorsorglich in der Firma an. Die Sekretärin erkundigt sich und bestätigt:

„Ja, der kommt morgen früh zwischen so gegen 07:00 Uhr zu Ihnen." Na, dann müssen wir wohl mal, wie in den Berufsjahren, den Wecker auf 06:00 Uhr stellen.

Gut gelaunt kommt der Verleger um 07:12 Uhr zu uns. Er zeigt uns, dass die Kordel dem ausgesuchten Muster entspricht und fängt an, die Teppichkanten an der Treppe zu begradigen. Ein paar Kontrollblicke bestätigen mir, dass er das sehr akkurat und gekonnt macht. Er schneidet offensichtlich viel sorgfältiger als sein Vorgänger. Als er dann an die ersten Stufen Kordel mit einem Spezialkleber anbringt, sind wir überzeugt, die richtige Wahl getroffen zu haben. Der Firmenchef hat beim Kostenvoranschlag kalkuliert, dass für die Treppenreparatur mindestens ein Tag benötigt wird – der Verleger schafft es in vier Stunden. Nicht nur seine Idee mit der Kordel ist gut gewesen, er ist es auch. Hurra, die Teppichrenovierung ist vollendet!

24

Noch eine Renovierung

Eigentlich haben wir gedacht, die Renovierungsaktionen
seien endlich erledigt gewesen, aber dann ergibt sich
noch eine ganz anderer Art. Angelika stellt plötzlich fest,
dass sie „Sehprobleme" mit dem linken Auge hat. Na, da
wird mal wieder ein Besuch beim Optiker fällig. Der
empfiehlt jedoch keine neue Brille, sondern sofort einen
Termin beim Augenarzt. Er ist so nett und nutzt seine
Beziehungen, dass Angelika gleich schon am nächsten
Tag einen Termin bekommt. „Normalerweise" hätte es
den erst in drei oder vier Monaten gegeben. Das
Ergebnis der Untersuchung beim Augenarzt ist genauso
erstaunlich: „Beginn einer AMD, Sie müssen sofort, am
besten noch heute an dem Auge operiert werden! Dann
sind die Heilungschancen gut. Ich versuche mal, einen
Termin für Sie zu bekommen." Der Arzt telefoniert und
fragt dann: „Können Sie in 1 ½ Stunden in Köln sein?"
Wir, verständlicherweise reichlich aufgeregt, schaffen
das in zwei Stunden. In der Klinik dort sind zunächst
„Formalien" abzuarbeiten. Dann erhält Angelika von
verschiedenen Krankenschwestern Unmengen Tropfen
ins Auge, um die Pupille zu vergrößern. Als Angelika
darauf hinweist, schon Tropfen bekommen zu haben,
heißt es: „Ach, das macht nichts, je mehr desto besser."
Das wundert uns zwar, aber vielleicht muss es ja so sein,
um die vorgesehene Schichtaufnahme ordentlich machen
zu können. Allerdings meint Angelika: „Komisch, bei

unserem Arzt habe ich nur einmal Tropfen ins Auge bekommen." Nach der Schichtaufnahme, die von einer Ärztin durchgeführt wird, ist „Warten auf den Oberarzt" angesagt. Als der endlich kommt und die Ärztin ihn über den „Stand der Dinge" informiert, klingelt bei ihm das Handy. Er sagt, für uns hörbar: „Nein, das geht jetzt nicht, ich bin hier bei der blonden Kollegin, bei der mit den großen Titten, außerdem habe noch eine Patientin." Mit der Äußerung über die Kollegin erhält er bei uns schon mal etliche Minuspunkte. Dann äußert er: „Ja, eine Operation ist sinnvoll, aber nicht so dringend, dass wir das heute noch machen müssen. Außerdem gibt es seit einigen Monaten ein neues Medikament, das ins Auge gespritzt werden und auch Heilung bewirken kann. Bei der OP bestehen über neunzig, bei der Injektion etwa sechzig Prozent Heilungschancen. Sie ist aber der viel kleinere Eingriff. Vorteilhaft dabei ist, dass man die OP bei Bedarf ja immer noch machen kann. Ich empfehle Ihnen deshalb zunächst die Injektion. Wenn ich das Mittel jetzt sofort bestelle, können Sie am Montag oder Dienstag damit behandelt werden." Die Ärztin weist darauf hin, dass Angelika „Kassenpatientin" ist und die Kasse das Medikament erst genehmigen muss. Es ist sehr teuer. „Ach, Sie sind nicht privat versichert?" ist der Oberarzt enttäuscht. „Ja, dann müssen Sie das erst mit Ihrer Kasse klären. Entschuldigen Sie mich bitte, ich bin vorhin noch zu einem anderen Termin gerufen worden." Und schon ist er weg. Die Ärztin füllt einige Formblätter aus, lässt mehrere von Angelika unterschreiben und gibt uns ihre Durchwahl-Telefonnummer. „Rufen Sie an, wenn Sie Klarheit mit Ihrer Kasse haben." „Bekomme ich denn von den Blättern, die ich unterschrieben habe, eine Kopie?" „Ja, lassen Sie sich vorne im Büro, in der Annahme, welche machen." Dort ist die Mitarbeiterin aber gar nicht erfreut, mehrere Kopien machen zu sollen: „Als ob ich nichts anderes zu tun hätte", murmelt sie. Sie will dann nur eine Seite kopieren, aber wir möchten Kopien aller Seiten bekommen. „Kundenfreundlich" ist das Gesicht, das die Mitarbeiterin dann macht, nicht zu bewerten. Als Angelika und ich wieder im Auto sitzen, sind wir uns einig, dass weder der Oberarzt noch die „Kopierdame" Werbung für die Klinik gemacht haben. Ob das unfreundliche Verhalten daran gelegen hat, dass es schon Freitagnachmittag ist? „Die Ärztin ist aber nett gewesen", stellt Angelika fest. Sie ist ansonsten aber reichlich verunsichert: „Erst heißt es, ich soll sofort, am besten noch heute operiert werden. Dann wird mir die Augeninjektion schmackhaft gemacht. Als der Oberarzt hört, dass ich keine Privatpatientin bin, verabschiedet er sich sofort." „Jetzt warten wir mal erst ab, wie sich die Krankenkasse äußert. In der Zwischenzeit überlegen wir nochmal in Ruhe, ob OP oder Injektion sinnvoll ist." „Ja, mir ist das alles eigentlich auch zu schnell, zu hektisch gewesen."

Am Montag gehen wir zur Krankenkasse. Dort haben wir Pech; unsere Gesprächspartnerin ist „gerade aus dem Erziehungsurlaub" gekommen und noch nicht wieder besonders sachkundig. „Zu dem Antrag kann ich Ihnen leider gar nichts sagen, den muss ich weiterleiten. Fragen Sie doch bitte Mittwoch oder Donnerstag nach." Von der Kasse aus sind wir dann zum Optiker gegangen, um uns bei ihm dafür zu bedanken, dass der Termin beim Augenarzt so schnell geklappt hat und um ihm zu sagen, dass er "Recht gehabt" hat mit der Dringlichkeit. Als er die Diagnose "AMD" (Anm.: Was das ist, kann man mit den Stichwörtern "Augenkrankheit AMD" im Internetz nachlesen.) hört, sagt er spontan: "Aha, also gibt es jetzt eine Augeninjektion." Das irritiert mich, denn der Oberarzt in Köln hat so getan, als ob die Injektionsbehandlung "etwas ganz Neues" sei. Der Optiker stutzt dann auch, als wir erzählen, nach Köln vermittelt worden zu sein. "Nach Köln? Warum das denn?" Abends ruft mich ein Tenniskollege an, der fragt, ob ich für ihn am Freitag spielen könne. Als ich ihm sage, mit Hinweis auf den anstehenden OP-Termin von Angelika "keine Termine machen" zu können, äußert er: „Achtung! Ich gebe Dir mal erst die Telefonnummer einer befreundeten Familie. Die Frau ist in Köln behandelt worden und da ist alles schief gelaufen." Natürlich habe ich umgehend bei der Frau angerufen. Sie hat den gleichen "Ablauf" wie Angelika gehabt: vom Augenarzt in Neuwied zur Klinik in Köln vermittelt, dort von dem Oberarzt auf das neue Mittel für eine Augeninjektion angesprochen worden. Sie hat sich - als Privatpatientin – so behandeln lassen. Bei ihr hat das Mittel nicht gewirkt, möglicherweise sogar Probleme bei der dann durchgeführten Operation verursacht. Die Frau hat jetzt mit dem Auge nur noch 10 % Sehkraft! Wir sind reichlich geschockt. Nach Lösung der Schockstarre gehe ich im Internet auf die Seiten der Augenklinik in Andernach, in der ich vor zwei Jahren am "Star" operiert worden bin. Und was lese ich da? Der Arzt und auch mein Operateur sind u.a. Spezialisten für Injektionen in das Auge! Am Dienstag rufe ich in der Andernacher Praxis an. Zunächst wird mitgeteilt, Termine für "Neukunden" gebe es frühestens im Juni. Ich schildere den "Fall" wie vorstehend beschrieben und verweise auf meine OP vor zwei Jahren. „Erstens sind wir doch keine Neukunden und zweitens ist es ein Notfall.“ Daraufhin wird mir "Rückruf" zugesagt. Erfreulicherweise kommt der schon nach etwa fünf Minuten: "Besprechungstermin nächsten Donnerstag, 08:15 Uhr, beim Chef". Also, da ich in Andernach gut operiert und betreut worden bin, eine Neuwiederin in Köln ganz schlechte Erfahrungen und der Oberarzt dort keinen guten Eindruck auf uns gemacht hat, ist es ja wohl logisch, dass die Behandlung in Köln für uns „gestorben" ist. Nun sind wir gespannt, was der nächste Donnerstag bringt.

Wir werden nochmals geschockt: Die Diagnose und die vorgeschlagene Behandlung entsprechen dem Vorschlag des Kölner Oberarztes, aber zusätzlich wird dringend vom Urlaubsflug im April abgeraten. Das bedeutet, dass die geplante und organisierte Urlaubsreise nach Spanien ausfällt; alle Buchungen müssen storniert werden. Zwar haben wir eine „Reiserücktrittsversicherung", aber in deren AGB, die ich jetzt erst lese, stehen Klauseln über „Eigenanteile". Okay, im Vergleich zum „Augenrisiko" sind sie sicherlich das kleinere Übel.

Die Krankenkasse hat das teure Medikament inzwischen problemlos bewilligt. Die Injektion erfolgt am Mittwoch, dem 02.04.2014. „Na, dann ist es zumindest kein April-Scherz", versuche ich, locker zu bleiben. Irgendwie passend ist auch die telefonische Aufmunterung einer Tenniskollegin von Angelika: **„Augen zu und durch!"** Verständlicherweise sind wir an dem Mittwoch etwas nervös, ich vielleicht sogar noch mehr als Angelika. Der Praxischef nimmt den Eingriff selber vor und ist mit dem Verlauf sehr zufrieden. Kaum sind wir zu Hause, stellt Angelika „Blitze" im Auge fest. Im Internet habe ich gelesen, dass das nach der Injektion eine „typische Nebenwirkung" ist, die einige Zeit anhalten kann. Sie wird die Entwicklung also „im Auge behalten". Nun, schon bald erlebt sie ein wahres „Feuerwerk" in dem Auge: „Sterne, Wolken, weiße Blüten, Striche, schwarze Punkte lösen sich ab oder schwirren durcheinander." Erfreulicherweise stellt der Augenarzt am nächsten Tag bei der Kontrolluntersuchung aber fest: „Das sieht gut aus, das Mittel hat schon ein wenig gewirkt." Na, das ist doch mal eine motivierende Information. Jetzt sind 4x/Tag Tropfen ins Auge zu nehmen, um Entzündungen entgegenzuwirken. An den ersten drei Tagen „brennt" das Auge nach dem Beträufeln, aber das lässt dann spürbar nach und auch das „Feuerwerk" im Auge erlischt. Stattdessen hält das Auge eine neue Überraschung parat: die Farben geraten durcheinander. Angelika sieht plötzlich blaue Tomaten. Zwei Tage später sind auch für sie die Tomaten wieder rot. Das alles deuten wir als Heilungsverlauf, jedoch stellt sich leider noch keine dauerhafte Besserung beim Sehen ein. Immerhin meint Angelika, minutenweise klare Sicht zu haben. Umso enttäuschter ist sie gleich danach, wenn alles wieder unklar, verschwommen ist. „Du musst noch Geduld haben, das Mittel soll, wenn überhaupt, doch erst nach vier bis sechs Wochen voll zur Wirkung kommen", versuche ich zu motivieren. „Einen Trend wird der Arzt sicherlich bei der nächsten Kontrolluntersuchung feststellen. Bis dahin musst Du die komischen Nebenwirkungen tapfer ertragen." „Ich weiß, mache ich ja auch, aber ich habe doch auf besseres Sehen schon nach etwa einer Woche gehofft." „Wenn es nach vier Wochen eintritt, ist auch alles in Ordnung." So hin und wieder braucht sie zum Durchhalten bis zum nächsten Arzttermin ein paar tröstende Umarmungen.

Der nächste Termin ist am 17.04., Donnerstag vor Ostern. Das Untersuchungsergebnis ist durchaus positiv: „Der Glaskörper ist frei, die Injektion hat gewirkt!" Damit ist jedenfalls „das Schlimmste", eine baldige Erblindung des Auges, abgewendet; das ist doch schon mal toll. Jetzt bleibt noch abzuwarten, ob sich das vorhandene Loch in der Netzhaut schließt. „Bis zum nächsten Termin am 12.05. keine Erschütterungen!" gibt der Augenarzt vor, also weder Tennis noch Jogging. Immerhin können wir die inzwischen neu geplante Reise machen: Ostern zur Verwandtschaft ins Emsland, dort dann Fahrten nach Papenburg und Emden, danach weiter nach Bremen und Bremerhaven. Statt des spanischen Mittelmeeres soll Nordseeluft Angelikas Pollenallergie entgegenwirken.

In Papenburg besuchen wir die Landesgartenschau, in Emden die Kunsthalle, mehr bekannt als das Henry-Nannen-Museum. In Bremen „passiert" uns mal wieder einiges. Ausgerechnet an dem Tag, an dem wir das historische Rathaus besichtigen möchten, findet dort eine Veranstaltung statt, so dass Besichtigungen nicht möglich sind. Für abends habe ich vorab per Internet Karten für ein Schauspiel in einem kleinen Theater bestellt. Das Theater ist, wie sich herausstellt, eine Art „Bauerntheater". Das Stück und die Schauspieler/innen (Laien?) sind so schwach, dass wir das Theater in der Pause verlassen. Das hat den Vorteil, dass ich mir im Fernsehen eine Tragödie ganz anderer Art ansehen kann: Bayern München verliert gegen Real Madrid 0:4. Da ich bekanntlich „Schalke-Fan" bin, kann ich „mir einen feixen"; so ist doch die 1:6 – Niederlage von S04 gegen Real relativiert worden. Zum Schmunzeln sind zwei Plakate mit „Bremer Stadtmusikanten". Auf dem einen ist die Reihenfolge der Tiere vertauscht; darunter steht: „Die Wahrheit über die Bremer Stadtmusikanten, in

Hierarchien sitzen die größten Esel oben." Auf dem anderen Plakat sind von unten nach oben „Schwein, Huhn, Fisch, Schmetterling" zu sehen, dazu der Titel „Bremer Stadtmusikanten (B-Mannschaft)". Über beide haben wir im ältesten Bremer Viertel, dem „Schnoor", gelacht. Das Viertel mit seinen kleinen Gassen und Läden ist insgesamt für einen Bummel empfehlenswert. Noch besser gefällt uns der Rhododendron Park; leider veranlasst uns dort ein heftiger Regenschauer, auf ein längeres Verweilen zu verzichten. In Bremerhaven spazieren wir an zwei Tagen etwa 15 Kilometer kreuz und quer durch die City und hauptsächlich am Deich. Auch für diesen Aufenthalt in Bremerhaven habe ich vorab Karten für eine Veranstaltung organisiert. Dieses Mal erleben wir einen heiteren Kabarettabend und erfahren dabei, dass es für (Nachwuchs-) Kabarettisten eine „Deutsche Meisterschaft" gibt. Aus über hundert Bewerbungen hat eine Jury achtzehn Kandidaten ausgewählt, von denen in 18 Städten jeweils zwei an einem Abend auftreten. Das Publikum vergibt dabei 10 Punkte, also zum Beispiel 7:3 oder 5:5. Die Punktzahl wird durch die Zahl der Zuschauer dividiert, so dass sich entsprechende Faktoren ergeben. Sie werden addiert; die höchste Summe bestimmt dann den Deutschen Meister, der natürlich auch eine Meisterin oder eine Gruppe sein kann. In Bremerhaven „gewinnt" an diesem Abend ein Duo aus Leipzig gegen einen Kandidaten aus Berlin mit 6:4.

Beim Augenkontrolltermin am 12.05. wird festgestellt, dass das Loch in der Netzhaut zwar kleiner geworden, aber noch nicht zugewachsen ist. „Geduld, Geduld, Geduld", sagt der Arzt, der mit dem Heilungsverlauf durchaus zufrieden ist. „Nächster Termin: 24.06. – bis dahin weiter kein Tennis, keine Anstrengung, kein Flug, keine Erschütterungen."

Für eine „Art Erschütterung" sorge ich dann zehn Tage später. Bei einem Medenspiel verspüre ich beim Stand von 1:0 einen Schmerz in der linken Achillessehne, als ob mir jemand dahin getreten oder mit einem Messer rein gestochen hätte. Zunächst bemühe ich mich, mir nichts anmerken zu lassen, damit der Gegenspieler seine Spielweise nicht auf Stoppbälle umstellt. Bis zum 4:4 halte ich irgendwie noch mit, aber dann werden die Schmerzen doch zu groß, ich kann nicht mehr laufen, verliere also 4:6, 0:6. Natürlich raten mir alle, die Sehne am nächsten Tag ärztlich untersuchen zu lassen, aber meine Internetrecherche ist, aufgrund der geschilderten Symptome, für mich schon eindeutig genug: „Anriss der Achillessehne". Da werde auch ich wohl einige Zeit kein Tennis mehr spielen.

25
Und noch eine …

So kann ich mich um unsere Terrasse am Hauseingang kümmern. Die ist etwa 9,00 m² groß und mit Terrakotta-Fliesen belegt. Mehrere Fliesen sind gerissen oder anders beschädigt. Etliche Versuche, passende Fliesen als „Ersatz" zu bekommen, scheitern. Wir beschließen deshalb, die Terrasse insgesamt erneuern zu lassen. Doch auch das gestaltet sich reichlich zeitaufwendig. Ein Fliesenleger kommt, schaut sich die Aufgabe an – und meldet sich nicht mehr. Ein anderer vereinbart dreimal Termine, kommt jedoch nicht. Einer kommt gleich am nächsten Tag und macht auch zügig ein Angebot; doch das ist uns deutlich zu teuer. Wir nehmen Kontakt mit dem Steinmetz auf, der uns so tolle Platten für das Badezimmer geliefert hat. Er hat auch für die Terrasse sogleich einen Vorschlag – noch ein Stück teurer als das des Fliesenlegers. Im Internet finde ich die Adresse eines Händlers, der sich auf Kotta-Fliesen spezialisiert hat. Da er das Geschäft in der Nähe von Aachen hat, wo einer unserer Söhne wohnt, verbinden wir eine Aachen-Fahrt mit dem Besuch des Spezialisten. Tatsächlich hat der ein großes Angebot, aber vorrangig für den Innenbereich. „Die Fliesen kommen aus Italien. Dort verlegen sie die auch im Außenbereich, aber bei unserem Klima können wir das nicht beziehungsweise nur bei besonders behandelten Fliesen empfehlen." Wir erhalten eine Musterfliese, stellen zu Hause jedoch fest, dass sie uns für den Eingang nicht richtig gefällt. Wir suchen unverdrossen weiter und werden dafür belohnt, dass wir keine „Notlösung" getroffen haben. Bei einer Firma im Westerwald finden wir eine italienische Keramik-Fliese, die unseren Wünschen entspricht. Es wird uns dort außerdem bestätigt: „Von Terrakotta im Außenbereich wird abgeraten."

Das „Fliesenproblem" ist somit erst einmal gelöst, das Finden eines Fliesenlegers hingegen nicht. Die ersten vier Fehlversuche sind auf der vorigen Seite ja schon erwähnt worden. Es geht aber noch weiter. Einer ist nicht interessiert, weil wir die Fliesen selber schon woanders organisiert haben. Drei reagieren überhaupt nicht auf meine Anfrage. Einer mailt, dass er „leider die nächsten Monate voll ausgelastet" ist. Einer schickt ein Angebot, nachdem ich mich „in Erinnerung gebracht" habe. Und dann bekommen wir von der Firma im Westerwald die Nachricht: „Unser italienischer Lieferant hat uns informiert, dass die von Ihnen ausgesuchte Fliese nicht mehr hergestellt wird." Irgendwie erinnert uns der Ablauf an ein „Mensch ärgere Dich nicht – Spiel". Kurz bevor man mit einer Spielfigur im Ziel ist, wird sie „rausgeschmissen" und man muss wieder von vorne anfangen.

Bei einer Baustofffirma wird uns geraten: „Fahren Sie zur Firma X.; die stellt im Westerwald Fliesen her und hat einen kleinen Ausstellungsraum." „Kann man denn da als Privatperson hin?" „Ja, das ist kein Problem." Das ist es aber doch – als wir uns am Empfang melden, bekommen wir zu hören: „Wir sind nur für Fachfirmen Gesprächspartner, nicht für Endverbraucher." Nach ein paar netten Worten wird ein Kompromiss gefunden: „Heute geht es überhaupt nicht, aber wenn Sie nächste Woche nochmal kommen können, werde ich was für Sie organisieren." Außerdem werden wir schon mal auf Katalogseiten im Internet hingewiesen. Und dort finde ich tatsächlich eine Fliese, die für uns interessant sein kann. Also nutzen wir natürlich das Angebot, uns „vor Ort" beraten zu lassen. Nach der Begutachtung mehrerer Fliesen kommt „die aus dem Katalog im Internet" weiterhin in Betracht. Wir erhalten eine „Musterfliese" und stellen zu Hause zufrieden fest: „Ja, die soll es sein." Direkt beim Werk können wir allerdings nicht bestellen: „Das müssen Sie über den Fachhandel machen." Unser Berater bei der Baustofffirma nimmt den Auftrag gerne entgegen. Eine Woche später ruft er an: „Es gibt ein Problem. Die Fliese ist im Werk nicht mehr auf Lager und es gibt keinen Termin für eine Neuproduktion." Wieder werden wir beim „Mensch ärgere Dich nicht – Spiel" kurz vor dem Ziel auf Start zurückgesetzt.

Die Suche nach passenden Fliesen geht also weiter. Irgendwann finde ich im Internet eine Herstellerfirma im Siegerland mit interessanten Angeboten. Der Mail-Kontakt ergibt: „Wir liefern nur an Fachhändler, eine Musterfliese können Sie allerdings direkt von uns bekommen." Schon zwei Tage danach kommt das Musterexemplar. Nicht nur die prompte Lieferung, auch die Fliese macht einen guten Eindruck. „Ha, die ist ja besser als die aus dem Westerwald!" stelle ich erfreut fest. Die Händlerfirma, die uns genannt wird, hat ihren Sitz in Koblenz. Dort erkundigen wir uns nach den Preisen – auch die „passen", so dass wir die Fliesen bestellen. Drei Wochen später werden sie beim Händler in Koblenz angeliefert. Endlich ist das Problem gelöst. Nun fehlt „nur" noch ein guter Fliesenleger. Da hilft ein „Gespräch in der Nachbarschaft". Ich bekomme zu hören: „Wir lassen Fliesenarbeiten schon seit Jahren durch eine Koblenzer Firma machen; mit deren Arbeiten sind wir bisher immer sehr zufrieden gewesen." Ich erhalte die Telefonnummer des Baustellenleiters und drei Tage später von ihm einen „Ortstermin". Nach einer Woche habe ich ein fundiertes Angebot vorliegen. Na, jetzt haben wir anscheinend „einen Lauf". Aber klar, irgendetwas muss doch noch ein Problem bereiten: der Fliesenleger ist in den nächsten Wochen mal erst voll ausgebucht. Okay, es spricht ja durchaus für ihn, dass er so „begehrt" ist. Er hat „ab 06. Oktober" Zeit – da sind wir in Spanien und holen den im Frühjahr ausgefallenen Urlaub nach. Unser Baustellenbeginn wird dann für den 20.10. vereinbart, mit dem Hinweis: „Das geht aber nur, wenn es zu der Zeit noch keinen Nachtfrost gibt." Ich frage bei dem Händler in Koblenz, ob die Fliesen dort bis Ende Oktober gelagert werden können. Natürlich habe ich sie inzwischen schon bezahlt gehabt. „Das

Lagern ist kein Problem; solche Terminverschiebungen passieren nicht nur Ihnen, die sind wir gewohnt."

Nun, der Urlaub in Spanien (s. Nachtrag) verläuft schön und weitgehend problemlos. Gut erholt können wir am 20.10. den Lärm des Presslufthammers beim Entfernen der Fliesen auf der Terrasse am Hauseingang ertragen. Hoffentlich sind auch die Nachbarn nervlich stabil gewesen. Der ausführende Handwerker stöhnt: „Die Fliesen sind sehr gut verlegt worden, es ist richtig schwer, sie zu lösen." Dabei geht der Estrich kaputt, so dass neuer verlegt werden muss und sich die kalkulierten Kosten erhöhen. Das Fliesenverlegen verzögert sich um einen Tag, da der neue Estrich ja erst trocknen muss. Dummerweise kommt ausgerechnet genau dann noch ein Unwetter (jede Menge Regen und stark böiger Wind, verbunden mit einem Temperatursturz um zehn Grad), das für einen weiteren Tag Pause auf der Baustelle sorgt. Damit ist es aber leider immer noch nicht getan. Am nächsten Morgen ist es nebelig und feiner Nieselregen macht den Untergrund feucht. „Das Verlegen hat heute keinen Sinn", stellt der Fliesenleger um 08:15 Uhr fest und verabschiedet sich gleich wieder. Am nächsten Tag ist die Luft endlich trocken und die Fliesen können verlegt werden.

Der „Tipp aus der Nachbarschaft" erweist sich als gut – der Fliesenleger arbeitet fleißig und gekonnt. Mit jeweils einem Tag „Pause zum Trocknen" erledigt er auch das

Verfugen und schließlich bei den Wandanschlüssen das Ausspritzen mit Silikon. Er staunt, als ich ihm erzähle, dass uns beim Renovieren des Badezimmers gesagt worden ist, der Fliesenleger arbeite nicht mit Silikon, das mache ein Spezialist. „Ich mache das selber, das ist doch sogar die schönste Arbeit, weil man sich dabei nicht dreckig macht", stellt er für sich klar. Wir stellen nachher fest, dass er es offensichtlich gerne macht, denn er hat auch dabei sehr ordentlich gearbeitet.

Die Eingangsterrasse ist wieder „schön" - hurra, wir sind (mal wieder) „vor Weihnachten" fertig geworden!

26
Und noch eine …

Tja, auf die dann doch noch folgende „Renovierung" hätten wir gerne verzichtet. Beim Kontrolltermin für Angelikas Auge stellt der Arzt fest: „Das Loch in der Netzhaut ist leider nicht zugewachsen. Da ist noch ein Ödem und Sie haben nur dreißig Prozent Sehkraft auf dem Auge. Ich empfehle Ihnen einen operativen Eingriff. Danach können Sie wieder viel besser sehen." Angelika erhält eine Überweisung zur Universitäts-Augenklinik in Bonn. Dort bekommt sie erfreulich zügig einen Untersuchungstermin. Dabei werden ihr zur Erweiterung der Pupille nur einmal Tropfen ins Auge gegeben, nicht x-mal wie in der Kölner Klinik. Als sich die Notwendigkeit der Operation bestätigt, erklärt ein Arzt: „Das ist für uns hier eine Routinesache. Wir nehmen den Glaskörper raus, legen mit Gas eine Tamponade auf die Netzhaut und schließen so das Loch. Es dauert dann etwa sechs Wochen, bis das Gas vollständig aus dem Auge entwichen ist. Sie werden täglich bemerken, wie das Auge von oben nach unten klarer wird." Die Operation erfolgt eine Woche später. Drei Tage muss Angelika im Krankenhaus bleiben, auf dem Bauch liegen, im Sitzen und Stehen den Kopf nach unten halten. An einem Samstagmorgen bekommt sie zu hören: „Das Auge sieht gut aus; Sie können nach Hause. Lassen Sie bei Ihrem Augenarzt so bald wie möglich eine Kontrolluntersuchung durchführen. Wir sehen uns dann in sechs Wochen noch einmal."

Am Sonntag schreibe ich eine Mail an die Praxis unseres Augenarztes und bitte um einen kurzfristigen Termin für Angelika. Dann „trauen wir unseren Augen nicht" - noch im Laufe des Sonntags kommt per Mail vom Arzt persönlich schon eine Terminbestätigung für Montag, toll! Nach der Untersuchung bestätigt der Arzt die guten Erfolgsaussichten und führt in den folgenden Wochen noch zwei weitere Kontrollen mit positiven Befunden durch.

Mitte Dezember erfolgt die „Schlussuntersuchung" in der Uni-Augenklinik. Dabei wird festgestellt: „Alles bestens!" Ein schöneres Weihnachtsgeschenk kann es für uns ja wohl nicht geben – oh du fröhliche …

Nachtrag

Ja, ja, Sie möchten doch zu gerne noch wissen, wie es uns im Spanien-Urlaub ergangen ist. Nun, am Flughafen in Barcelona hat es etwa 30 Minuten gedauert, bis das Band für den Transport der Koffer angelaufen ist. Unsere sind dann ganz zum Schluss gekommen. Kennen Sie diese aufkommende „Urlaubsstimmung", wenn man so lange aufs Gepäck wartet?

Gebucht habe ich eine Ferienanlage in *Cambrils*. Der Ort liegt etwa 100 km von Barcelona entfernt. Die angegebene Adresse kennt unser „Navi" leider nicht. Wir finden die Anlage trotzdem, dort aber nicht die zentrale Rezeption. Auf der Suche danach platzen wir in eine Familienfeier. Eine Kellnerin stoppt uns und weist den Weg zu einer Informationsstelle. Dort wird uns auf einem Plan der Anlage gezeigt, wo die Rezeption liegt – etwa 500 Meter entfernt.

Wir erhalten Schlüssel für „Villa 127". Als wir die gefunden haben, ist der erste Eindruck sehr gut: schönes, großes Grundstück, Garage für den Mietwagen, ruhige Straße. Als wir, mit den Koffern, ins Haus kommen, sehen wir uns entsetzt an: dunkle Räume, uralte Möbel, kein Doppelbett, ein alter Gasherd, kein Fernseher, beim Öffnen muffig duftende Schränke. In der Beschreibung der Anlage hat gestanden: „Die Villen sind individuell von den Eigentümern ausgestattet." Wir haben deshalb, rechtlich gesehen, „schlechte Karten", aber doch die Hoffnung, dass man keine völlig unzufriedenen Gäste haben möchte. Wir fahren zur Rezeption, äußern unser Missfallen und den Wunsch nach einer anderen Villa. Unsere Gesprächsdame geht in den Nebenraum und setzt sich an einen PC. Nach etwa fünf Minuten kommt sie zurück und sagt: „Wir haben noch die Villa 155 frei; die wird Ihnen gefallen." Im Vergleich zu Villa 127 ist es ein Unterschied „wie Tag und Nacht". Die Räume sind hell, die Möbel modern, die Gardinen chic, es gibt ein elegantes Doppelbett und die Küche ist gut ausgestattet. Ja, hier werden wir uns zwei Wochen wohlfühlen! Und es gibt ein TV-Gerät mit sämtlichen deutschen Sendern, so dass ich per Videotext sogar die Sportergebnisse der heimischen Vereine abrufen kann.

Am nächsten Tag lädt die Sonne zum Relaxen ein. Das geht etwa eine halbe Stunde gut, dann fangen die Beine komisch an zu jucken. Haben wir uns schon einen Sonnenbrand zugezogen? Nein – die Beine sind von kleinen, nicht zu bemerkenden Mücken zerstochen …

Ach, ich will hier doch gar keine Urlaubsgeschichte schreiben. „Unter dem Strich" ist es durchaus ein gelungener Urlaub gewesen. Wir haben *Barcelona* (Millionenmetropole), *Tarragona* („römisch" geprägt), *Reus* (moderne Einkaufsstadt) und *Cambrils* (touristisch entwickelt) kennengelernt, haben auch wieder unsere übliche Tagestour „durch die Berge" gemacht und sind viel „rumgelaufen". Na ja, noch ein paar besondere Erlebnisse haben wir natürlich gehabt. Beispiel 1: Um am Dienstag den Frühzug nach Barcelona problemlos zu erreichen, kaufe ich vorsorglich bereits am Montag die Fahrkarten. Am Dienstag erfahren wir dann, dass Karten vom Vortag nicht mehr gelten. Dieses Problem wird aber erfreulicherweise nicht streng deutsch, sondern locker spanisch gelöst. Wir müssen weder Strafe zahlen noch nachlösen; es wird ein Stempel mit dem Datum vom Dienstag auf die Karten gemacht – fertig. Etwas aufregend ist das für uns allerdings doch gewesen. Weniger stressig ist Beispiel 2: Auf der Karte in einem Eiscafé „lacht uns der Erdbeerbecher an", für den wir uns beide entscheiden. Als das Eis gebracht wird, sind keine Erdbeeren zu sehen. Wir bekommen von der Dame freundlich lächelnd zu hören: „Erdbeeren haben wir heute nicht, wir haben Ihnen Bananen drauf gemacht." Geschmeckt hat uns das Eis trotzdem.

So, das reicht, mehr „Urlaubsgeschichten" gibt es dieses Mal nicht. Mal sehen, vielleicht schreibe ich im nächsten Jahr über „Tenniserlebnisse" – die sind ja häufig auch kurios …

Eckhard Duhme ist 1947 im westfälischen Hagen geboren und dort aufgewachsen. Nach dem Abitur ist er zwei Jahre bei der Bundeswehr gewesen. Danach hat er in Münster Jura studiert, 1975 das Assessorexamen bestanden. Bis 2010 ist er in leitenden Funktionen in einem Chemiekonzern tätig gewesen. Im Berufsleben hat er unzählige Texte verfasst. Oft ist ihm lobend gesagt worden: „Sie könnten auch Schriftsteller sein." Das ist er nun als Rentner. Schreiben ist für ihn ein unterhaltsames und spannendes Hobby: „Wenn meine Texte auch anderen Menschen Freude bereiten, ist die aufgewendete Zeit sinnvoll gewesen."

Beim *tredition®* - *Verlag* gibt es von Eckhard Duhme

„Mir passiert so etwas doch nicht" – Band I
(Urlaubslektüre, 104 Seiten, 8,00 €)
Erzählt werden „Erlebnisse zum Schmunzeln" während einer Urlaubsreise 2011 nach Portugal. Dabei erhält man auch touristische Informationen über Sehenswertes und Nichtsehenswertes in Lissabon, Casçais, Estoril, Sintra und Mafra, besser als in manchen Reiseführern.

„Mir passiert so etwas doch nicht" – Band II
(Urlaubslektüre, 100 Seiten, 9,80 €)
Beim Schmunzeln über Erlebnisse einer Urlaubsreise 2012 zur Costa Blanca in Spanien erfahren Sie, ob sich ein Besuch in Valencia, Alicante, Benidorm, Altea, Jávea, Castell de Castells, Guadelest oder Calp lohnt.

„Mir passiert so etwas doch nicht" – Band III
(Urlaubslektüre, 104 Seiten, 9,80 €)
2013 geht die Urlaubsreise nach Spanien an die Costa del Sol. Málaga, Marbella, Fuengirola, Torremolinos, Cártama, Mijas und Mijas Costa werden besucht. Und bei manchen Erlebnissen ist man sicherlich froh, dass man davon selber nicht betroffen gewesen ist.

„Björn"

(Roman , 678 Seiten, 35,00 €)

Geschildert wird, wie das Leben eines Jugendlichen in den sechziger Jahren des zwanzigsten Jahrhunderts gewesen ist, einer Zeit, in der es weder PC noch Handy, SMS, i-Phone oder Play-Station, nicht einmal schnurlose Telefone gegeben hat. Interessant ist das Leben in der Zeit trotzdem gewesen – oder gerade deshalb?

Zeitfracht Medien GmbH
Ferdinand-Jühlke-Straße 7
99095 Erfurt, Deutschland
produktsicherheit@kolibri360.de